THERESA BÖGER

Mama isst für Mich mit

KOCHBUCH FÜR SCHWANGERE

Einfache Rezepte für eine optimale Ernährung in der Schwangerschaft basierend auf wissenschaftlichen Erkenntnissen

1. Auflage

Inhaltsverzeichnis

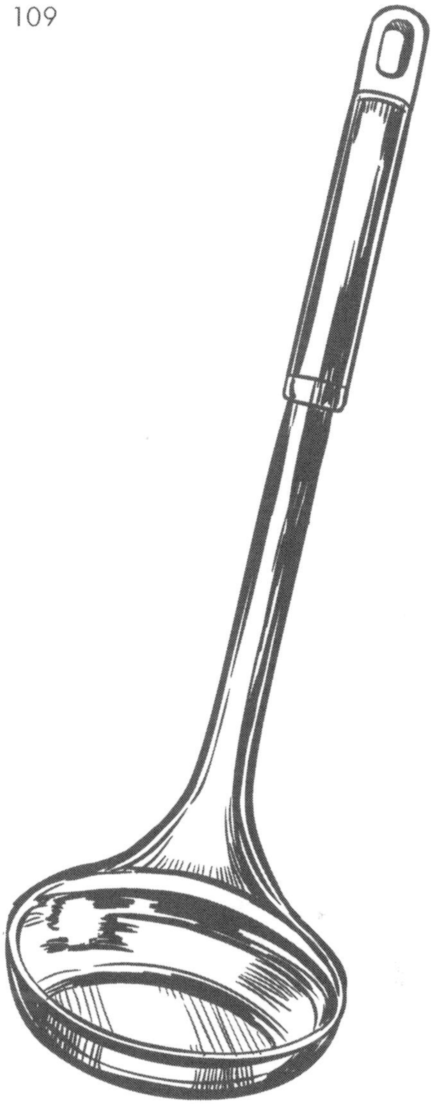

Vorwort

Wer dieses Buch in den Händen hält, der gehört mit großer Sicherheit zu den Frauen, die das Wunder der Schwangerschaft am eigenen Leib erleben dürfen. Vielleicht ist dieses Buch auch für die beste Freundin, die Schwiegertochter oder eine Bekannte bestimmt, die ihre Schwangerschaft verkündet hat und nun voller Erwartung die kommenden Monate bis zur Geburt des ersten, zweiten oder dritten Kindes erlebt. Da lässt sich nur sagen: Herzlichen Glückwunsch! Eine Schwangerschaft ist eine ganz besondere und besonders prägende Zeit, in welcher der Körper enorme Veränderungen durchläuft. Dabei kann es insbesondere bei der ersten Schwangerschaft vorkommen, dass neben den wunderbaren Emotionen und der Vorfreude auch ein wenig Angst mitspielt – Müdigkeit, Erschöpfung, Übelkeit und insbesondere die Achterbahnfahrt der Emotionen kann dieses wundervolle Ereignis und die Reise einer Schwangerschaft mit Sorgen versehen. Vor allem dann, wenn es sich um das erste Kind handelt, lassen sich jene Sorgen auch vermehrt im Bereich der Ernährung wiederfinden. **Darf ich dieses oder jenes Lebensmittel essen? Muss ich Nahrungsergänzungsmittel zu mir nehmen? Welche Nährstoffe sind wichtig, damit ich meinem Baby die bestmöglichen Voraussetzungen bieten kann?** Die Meinungen der eigenen Mama, des Lebenspartners oder auch von guten Bekannten könnten dabei oftmals nicht verschiedener sein. Während eine Person berichtet, wie schlimm der Konsum von Kaffee sich auf das Kind auswirken kann, erzählt wiederum jemand anderes, dass seine Mutter während der Schwangerschaft mit ihm täglich Kaffee getrunken hat und es ihm offensichtlich nicht schadete – auf welche Meinung können wir uns schlussendlich verlassen?

Dieser Ratgeber nimmt dich tief in die Grundlagen der Ernährung während einer Schwangerschaft hinein und erklärt dir – basierend auf wissenschaftlichen Fakten und evidenzbasierter Recherche – worauf du während deiner ersten (oder natürlich auch zweiten und dritten) Schwangerschaft achten musst, damit du deinem Kind die besten Voraussetzungen für einen erfolgreichen Start ins Leben bietest. Dabei geht es nicht ausschließlich um Regeln und Gesetze, die beachtet werden sollten, sondern vielmehr um eine allumfassende Ernährungsweise, die deinen Körper und den Körper deines Kindes während der Schwangerschaft mit genau den richtigen Nährstoffen versorgt. Dieses Buch geht sogar noch einen Schritt weiter, denn neben den vielen Informationen zu einer hochwertigen Ernährung während einer Schwangerschaft findest du in ihm auch noch 100 Rezepte, die eben genau auf diese Ernährung angepasst sind und dich im ersten, zweiten und dritten Trimester mit abwechslungsreichen, leckeren und ideal zugeschnittenen Ideen für Hauptmahlzeiten, das Frühstück oder auch das eine oder andere leckere Dessert versorgen. Dabei legt dieser Ratgeber Wert auf eine einfache, unkomplizierte Umsetzung der entwicklungsfördernden Ernährung und eine hohe Vielfalt in den Rezepten. So wirst du im Rezeptteil neben den Rezepten, die Fleisch und tierische Produkte beinhalten, auch vegetarische und vegane Rezepte vorfinden – so ist für jede werdende Mutter etwas dabei und reichlich Abwechslung garantiert!

Viel Spaß also beim Lernen über die Ernährung während einer Schwangerschaft, beim Loslassen der Ängste und Sorgen sowie dem Ausprobieren und Verkosten der Rezepte!

Eine hochwertige Ernährung für die beste Entwicklung des Kindes

„Du isst ja ab sofort für Zwei!" – diese oder ähnliche Aussagen hören schwangere Frauen immer wieder und das mit gutem Grund. Während einer Schwangerschaft geht es nicht mehr nur darum, den eigenen Körper mit den wichtigen Nährstoffen zu versorgen, sondern auch den des heranwachsenden Kindes. Das bedeutet natürlich nicht, dass ab sofort immer die doppelte Portion konsumiert werden muss. Vielmehr ist wichtig zu betonen, dass die Ernährung die Gesundheit des Kindes maßgeblich beeinflussen kann, sie legt sozusagen den Grundstein für den Start des Neugeborenen ins Leben. Der Grund dafür ist, dass die sogenannte „epigenetische Prägung"[1] während der ersten 1000 Tage nach der Zeugung, beziehungsweise der Verschmelzung der Keimzellen der Eltern, stark beeinflusst wird. Die genetischen Anlagen des Kindes sind nämlich nicht unveränderlich, wie viele Eltern vielleicht meinen, sondern können während der Schwangerschaft und in den ersten zwei Lebensjahren geprägt und verändert werden. Je besser es also der Mutter während der Schwangerschaft geht, desto besser kann sich auch das heranwachsende Kind entwickeln – die Ernährung spielt hier natürlich eine maßgebliche Rolle. So gelangen die meisten Stoffe, die die Mutter durch die Nahrung aufnimmt, über den Blutkreislauf zum Baby, was zunächst gut ist, vorausgesetzt, es herrscht eine hochwertige Ernährung und auf bestimmte Dinge wird verzichtet, denn: Die Plazenta ist kein Filter, der das Baby vor ungesunden und schädlichen Stoffen schützt.

Oftmals nehmen wir unsere eigene Gesundheit auf die leichte Schulter: Ach die eine Zigarette wird schon nicht schlimm sein oder dann habe ich heute einmal nicht genug Flüssigkeit zu mir genommen. Auch, wenn der gesunde, erwachsene Körper einiges wegstecken und ausgleichen kann, sieht es doch ganz anders aus, wenn jener gesunde Körper zusätzlich für das Wachstum und die Entwicklung eines weiteren Menschen verantwortlich ist. So werden zum Beispiel Stoffe, wie Eiweiß, Jod, Calcium und Eisen aktiv zum Baby über die Plazenta transportiert, unabhängig davon, ob noch genügend Nährstoffe für die Mutter übrigbleiben. Die körpereigenen Reserven der Mutter können dadurch vollständig leergeräumt werden, wenn nicht immer wieder nachgerüstet und aufgestockt wird. Insbesondere die letzten drei Monate einer Schwangerschaft können somit für Nährstoffmängel im Körper der Mutter sorgen, weswegen es nicht nur wichtig ist, im dritten Trimester hochwertig zu essen, sondern die gesamten neun Monate einer Schwangerschaft zu nutzen, um den Nährstoffspeicher aufzufüllen und den Körper der Mutter – wie den des Kindes – mit reichlich hochwertigen Nährstoffen zu versorgen. In den nachfolgenden Kapiteln wird dir deswegen ganz genau erklärt, was die „Go-Tos" und die absoluten „No-Gos" in der Ernährung während einer Schwangerschaft sind und wie du dein neu erlangtes Wissen einfach und unkompliziert in deinen Alltag einbinden kannst. Vielleicht schwirrt dir jetzt schon der Kopf, denn wer sich bisher nicht viel mit seiner Ernährung und den wichtigen Nährstoffen beschäftigt hat, für den kann solch ein Thema sehr kompliziert oder unpraktisch klingen – lass dir aber gesagt sein, dass es sich bei einer gesunden, nährstoffreichen und hochwertigen Ernährung für dich und dein heranwachsendes Baby um kein Hexenwerk handelt, sondern sich mit etwas Hintergrundwissen einfach umsetzen lässt. Schenke deinem Kind also die besten Start-Chancen ins Leben und das allein mit deiner Ernährung.

Die richtige Ernährung in der Schwangerschaft

Wer heutzutage einen Blick in den Bereich der Ernährungs-Ratgeber und Diät-Pläne wirft, der fühlt sich schnell erschlagen von den vielen Ernährungskonzepten, die alle eines behaupten: das Beste zu sein. Wie sieht es jedoch in einer Schwangerschaft aus? Gibt es hier die eine „beste" Ernährung?

Grundlegend sollte angemerkt werden, dass die Basis unserer Ernährung – ob schwanger oder nicht – pflanzlich sein sollte. Das bedeutet nicht, dass wir alle vegetarisch oder vegan leben müssen, sondern vielmehr, dass tierische Produkte nicht die Grundlage unserer Ernährung darstellen. Die Rezepte, die in diesem Buch niedergeschrieben wurden, präsentieren diese Art der Ernährung sehr gut, denn hier sind nicht ausschließlich Rezepte mit Fleisch und Fisch zu finden, sondern auch viele vegetarische oder vegane Rezepte, die den Körper mit hochwertigen pflanzlichen Nährstoffen versorgen. Grundlegend gelten folgende Punkte als kleine Faustregel und sollten in der Ernährung während einer Schwangerschaft beachtet werden:

- **REICHLICH TRINKEN:** Schwangere Frauen sollten dringend darauf achten, am Tag mindestens 1,5 Liter Flüssigkeit zu sich zu nehmen, dies über den gesamten Tag verteilt. Dabei sollten die Getränke im Idealfall kalorienfrei sein. Wasser und ungesüßte Tees eignen sich am besten.

- **REICHLICH GEMÜSE:** Es wird geraten, am Tag mindestens drei Portionen Gemüse zu verzehren (eine Portion = eine Handvoll).

- **OBST:** Obst bietet zwar eine süße oder saure Abwechslung in der Ernährung, beinhaltet jedoch viel Fruchtzucker, weswegen auf einen ausgewogenen Obstkonsum geachtet werden sollte (ca. 2 Portionen am Tag).

- **GUTE KOHLENHYDRATE:** Die Ernährung während einer Schwangerschaft sollte überwiegend gute Kohlenhydrate beinhalten, dabei stellt Vollkorn die beste Art von Kohlenhydraten dar.

- **REICHLICH EIWEISS:** Wie in dem nachfolgenden Kapitel zu den Nährstoffen gelesen werden kann, sind vor allem Eiweißlieferanten wichtig, weswegen am Tag ungefähr drei Portionen Hülsenfrüchte, Nüsse, Samen oder Milchprodukte sowie eine Portion Tofu, Fisch, Fleisch oder Ei konsumiert werden sollte.

- **BIO, REGIONAL UND ARTGERECHT:** Generell und insbesondere während einer Schwangerschaft, sollte darauf geachtet werden, Bio-Lebensmittel zu kaufen, dies am besten regional und artgerecht. Der Grund ist, dass in Bio-Lebensmitteln deutlich weniger schädliche Stoffe versteckt sind und Bio-Gemüse zum Beispiel über mehr gesunde, sekundäre Pflanzenstoffe, Ballaststoffe und Vitamine verfügt. Auch lange Transportwege aus dem Ausland schaden den Lebensmitteln und somit auch dem Konsumenten. Auch Bio-Fleisch und Fleisch von Tieren, die artgerecht gehalten wurden, ist gesünder und schmeckt nachweislich besser. So lassen sich in Bio-Fleisch mehr gesunde Omega-3-Fettsäuren finden und die Tiere werden weniger oft mit Antibiotika behandelt.[2]

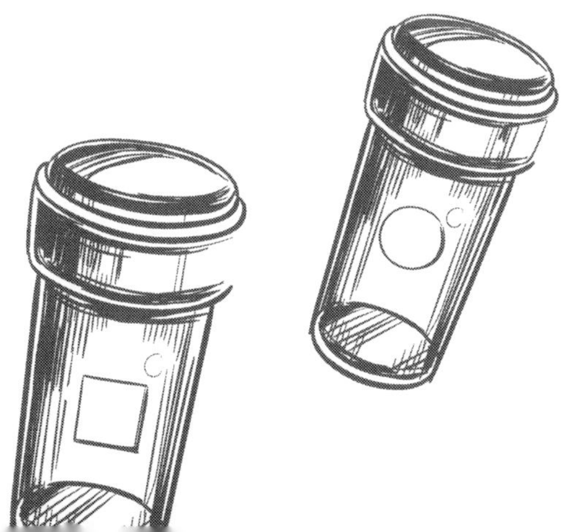

Vegetarische & vegane Ernährung

Wer sich bewusst vegetarisch oder vegan ernährt, der ernährt sich natürlich nicht schlechter oder weniger hochwertig als Menschen, die tierische Lebensmittel konsumieren – oft ist sogar das Gegenteil der Fall. Während einer Schwangerschaft sollten einige Dinge jedoch beachtet werden und gegebenenfalls zusätzlich Präparate eingenommen werden. Grundlegend gilt: Wer vegetarisch lebt und sich vollwertig ernährt, der wird keinen Mangel an essenziellen Nährstoffen erleben. Insbesondere, wer vermehrt Kohlenhydrate in Form von Vollkornprodukten konsumiert, versorgt seinen Körper mit Nährstoffen, wie Eisen, Zink, Eiweiß und Omega-3-Fettsäuren.[3]

Wer in seiner Ernährung vollständig auf Fisch verzichtet und sich somit nicht als Pescetarier bezeichnet, der sollte jedoch mit seinem behandelnden Arzt über Nahrungsergänzungsmittel für Omega-3-Fettsäuren sprechen und auch die Versorgung des Körpers mit Vitamin B12, Vitamin D, Eisen und Jod prüfen lassen.

Wer ausschließlich vegan lebt und komplett auf tierische Lebensmittel verzichtet, dem ist geraten, mit seinem Arzt über Nahrungsergänzungsmittel zu sprechen. Das bedeutet bei weitem nicht, dass es sich hier um eine schlechte Ernährungsform handelt oder diese dem Kind schaden könnte. Doch gerade für den „Bau eines neuen Menschen" werden Baustoffe benötigt, die sich in der veganen Ernährung in nicht allzu großen Mengen oder mit einer schlechteren Bio-Verwertbarkeit wiederfinden lassen, als es bei den gleichen Nährstoffen tierischen Ursprungs der Fall ist. Das Kapitel zu den wichtigen Nährstoffen während einer Schwangerschaft zeigt jedoch, dass sich die meisten Nährstoffe mit pflanzlichen Alternativen ersetzen lassen. Eine Absprache dieses Themas mit dem behandelnden Arzt ist jedoch immer ratsam.

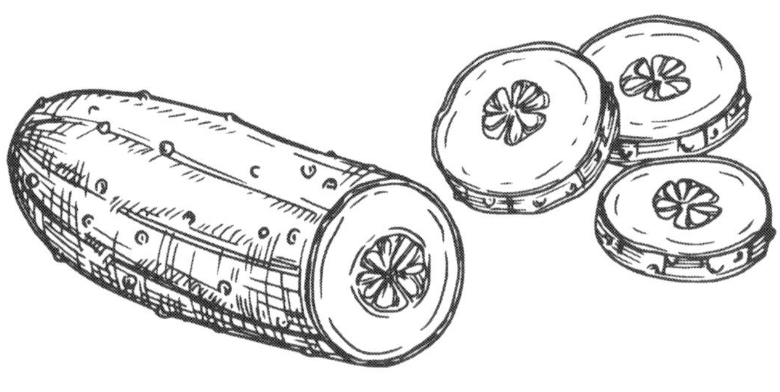

Kalorienbedarf im Verlauf einer Schwangerschaft

Eine Schwangerschaft bedeutet nicht unbedingt, dass die Mutter für zwei essen, sondern vielmehr für zwei denken muss. Nicht die schiere Menge an Nahrung ist dabei ausschlaggebend, sondern die Qualität dieser – wieder einmal heißt es also: Qualität vor Quantität. Nichtsdestotrotz ändert sich natürlich auch der Kalorienbedarf während der neun Monate, die das Baby im Bauch wächst und mitisst.

Im **ersten Trimester**, also vom ersten bis dritten Schwangerschaftsmonat, steigt der Kalorienbedarf zunächst kaum an, denn das Kind im Bauch wächst in dieser Zeit von einem winzigen Zellansammlung zu einem circa fünf Zentimeter großen Embryo, welcher gerade einmal 16 Gramm auf die Waage bringen würde. Somit verbraucht der Körper der Mutter ungefähr 100 kcal pro Tag mehr, was ungefähr einem Apfel entspricht. Was in dieser Zeit deutlich wichtiger ist als Kalorien, ist der Bedarf an Folsäure und Vitamin B12. Diese Wachstumsvitamine werden für die Zellteilungsprozesse des Embryos benötigt.

Auch im **zweiten Trimester**, also im vierten bis sechsten Monat der Schwangerschaft, besteht keine Notwendigkeit, über das Hungergefühl hinaus zu essen. Täglich werden nämlich nicht mehr als 250 zusätzliche Kilokalorien benötigt, was schlussendlich nicht mehr Nahrung als zum Beispiel ein belegtes Vollkornbrot mit Käse darstellt.

Erst im **dritten Trimester**, die letzten drei Monate, die das Baby im Bauch verbringt, wird eine höhere Anzahl an Kalorien in der täglichen Ernährung benötigt. Somit braucht eine werdende Mutter im dritten Trimester ungefähr 400 bis 500 kcal pro Tag mehr. Das bedeutet, dass auch schon einmal ein zweiter Teller Spaghetti nachgenommen werden sollte oder eine Zwischenmahlzeit in Form eines Müslis eingenommen werden darf und sollte. Dabei konnte jedoch beobachtet werden, dass der Energieverbrauch in vielen Fällen doch nicht so hoch ist, wie zunächst angenommen wird. Der Grund dafür ist, dass der immer größer werdende Bauch die Mutter natürlich in ihrer Mobilität einschränkt, weswegen sie weniger aktiv ist und dementsprechend weniger Kalorien verbraucht und neu zuführen muss. [4]

Immer wieder hören wir dabei, wie Frauen während einer Schwangerschaft stark zunehmen und anschließend große Probleme haben, die lästigen Schwangerschafts-Pölsterchen wieder loszuwerden. Dabei ist eine Zunahme an Gewicht im Verlaufe der Schwangerschaft vollkommen normal. Dadurch jedoch, dass der Bauch unaufhörlich wächst und die Hosen und T-Shirts nach und nach nicht mehr passen, kann es vorkommen, dass die werdende Mutter die Übersicht über ihr Gewicht und die Zunahme dessen verliert. Die nachfolgende Tabelle zeigt, welche Gewichtzunahme unbedenklich oder sogar erwünscht ist:

Gewicht vor oder zu Beginn der Schwangerschaft	**Gesunde Gewichtszunahme im Verlaufe der Schwangerschaft**
Untergewicht – BMI unter 19	12,5 kg bis 18 kg
Normalgewicht – BMI 19-26	11,5 kg bis 16 kg
Leichtes bis mittelstarkes Übergewicht – BMI 26-29	7 kg bis 11,5 kg
Starkes Übergewicht – BMI über 29	7 kg

Die Frage, wie viel Gewicht also in den neun Monaten einer Schwangerschaft zugenommen werden darf, ist abhängig von dem Ausgangsgewicht der Mutter. Dabei hat die DGE, die deutsche Gesellschaft für Ernährung e.V., herausgefunden, dass inzwischen ein Drittel aller Schwangeren bei der Erstuntersuchung übergewichtig sind. Ein solches Übergewicht kann in einer Schwangerschaft zu unerwünschten Komplikationen führen und es besteht ein Risiko für die Entstehung von Gestationsdiabetes, Hypertonie und Präeklampsie in Verbindung mit einem erhöhten Gewicht des Kindes bei der Geburt.[5] Gleichzeitig ist es jedoch nicht ratsam, während einer Schwangerschaft abzunehmen und Diäten halten zu wollen. Im Gegenteil – von Diäten und einem täglichen Kaloriendefizit wird abgeraten, denn dies ist nicht gesund für den Körper der Mutter und für den des Kindes und kann im schlimmsten Fall sogar gefährlich werden. Somit wird Frauen, die übergewichtig sind und den Wunsch nach einer Schwangerschaft verspüren, geraten, vor der eigentlichen Schwangerschaft an Gewicht zu verlieren und zu versuchen, ein Normalgewicht zu erreichen. Ist dies nicht oder nur teilweise möglich, ist dies jedoch kein Grund, zu verzweifeln. Auch mit Übergewicht ist es einer Frau möglich, ihr Kind hochwertig zu versorgen und die Basis für ein gesundes Leben zu legen.

Wichtige Nährstoffe in der Schwangerschaft

Immer wieder hören wir von den richtigen Nährstoffen für Mutter und Kind und auch in diesem Ratgeber ist der Begriff „Nährstoffe" schon einige Male gefallen. Während der Energiebedarf von werdenden Müttern im Verlaufe einer Schwangerschaft nur um ungefähr zehn Prozent ansteigt, sieht das bei dem Bedarf an Nährstoffen schon wieder ganz anders aus. Das heranwachsende Kind benötigt nämlich eine Menge einzelner Bausteine, um sich entwickeln zu können. So werden Calcium und Phosphor benötigt, um die Knochen und einen Teil des Gewebes zu bilden. Auch Magnesium und Zink sind wichtig für die Bildung der Muskeln und Knochen. Vor allem die Eisenzufuhr ist wichtig, denn sie wird für die Bildung der roten Blutkörperchen des Kindes benötigt. All diese Nährstoffe entzieht das Baby im Bauch dabei dem Körper der Mutter, ohne Rücksicht auf Verluste. Damit keine größeren Mängel auftreten können und eine gesunde Entwicklung von Mutter und Kind gewährleistet ist, ist es also besonders wichtig, einen Blick auf den Nährstoffbedarf während einer Schwangerschaft zu richten und die gesamten neun Monate dieser Reise immer wieder darauf zu achten, rundum gut versorgt zu sein. Nachfolgend werden dir also die wichtigsten Nährstoffe während einer Schwangerschaft aufgezählt und erklärt, wie du es schaffst, deinen Körper, beziehungsweise eure Körper, nachhaltig mit diesen zu versorgen – du musst dir aber keine Sorgen machen, denn ein Großteil der Nährstoffe lässt sich spielend leicht durch eine ausgeglichene und abwechslungsreiche Ernährung deinem Körper zuführen.[6]

MAKRONÄHRSTOFFE

Mit dem Begriff Makronährstoffe werden die mitunter bekanntesten Hauptnährstoffe bezeichnet: Kohlenhydrate, Eiweiße und Fette. Dabei verändert sich in der Verteilung und Zufuhr dieser Nährstoffe während der Schwangerschaft nicht übermäßig viel. Wichtiger ist hierbei die Zufuhr der richtigen Hauptnährstoffe und ja, hier gibt es enorme Unterschiede!

DIE KOHLENHYDRATE

Die Gesamtenergiezufuhr einer gesunden Person besteht zu 55% aus Kohlenhydraten, was eine Zufuhr von ungefähr 260 bis 330 g Kohlenhydraten pro Tag entspricht. Diese Werte verändern sich kaum bis gar nicht während einer Schwangerschaft. Was jedoch wichtig zu beachten ist, ist die Art der Kohlenhydrate. Besonders gut für die Deckung des Kohlenhydratbedarfs eignen sich Vollkornprodukte, denn diese weisen zusätzlich einen hohen Gehalt an Ballaststoffen auf, die die Bildung von schwangerschaftsbedingten Verstopfungen verhindern oder mindern können. Im Gegenzug dazu sollte der Anteil an kurzkettigen Kohlenhydraten dabei eine Grenze von 10% der Energiezufuhr nicht überschreiten – wenn von kurzkettigen Kohlenhydraten die Rede ist, wird von Einfach- und Zweifachzuckern gesprochen. Diese kommen vor allem in Lebensmitteln wie Obst (Fructose) und in der Form von Haushalts-, Rüben- und Rohrzucker vor. Somit gehören auch Backwaren oder Süßigkeiten in die Kategorie der kurzkettigen Kohlenhydrate und sollten nur in Maßen genossen werden.

- EMPFOHLENE LEBENSMITTEL:
  Vollkornprodukte, Haferflocken, Kartoffeln, Nüsse, Hülsenfrüchte und Gemüse
- LEBENSMITTEL, DIE IN MASSEN VERZEHRT ODER GEMIEDEN WERDEN SOLLTEN:
  übermäßiger Verzehr von Obst und Milchprodukten, Backwaren aus Weißmehl, Süßigkeiten und Haushalts-, Rüben- und Rohrzucker.

DIE EIWEIßE

Eiweiße werden dafür benötigt, Körpersubstanzen aufzubauen und zu erhalten. Da während einer Schwangerschaft zusätzlich ein gutes Wachstum des Kindes gewährleistet werden muss, ist der Eiweißbedarf ab der 13. Schwangerschaftswoche erhöht und es wird eine Zufuhr an Proteinen von 0,9 g Eiweiß pro Kilogramm Körpergewicht benötigt. Ab der 29. Schwangerschaftswoche werden sogar 1,0 g Protein (pro Kilogramm Körpergewicht, ausgehend vom Normalgewicht) benötigt. Eine Frau, die also 70 Kilogramm wiegt, benötigt somit ab der 13. Woche der Schwangerschaft eine Eiweißzufuhr von 63 g und ab der 29. Schwangerschaftswoche eine Zufuhr von Proteinen von 70 g. Dabei wird tierisches Eiweiß zwar als hochwertiger angesehen als pflanzliches Eiweiß, jedoch ist es ratsam, mit tierischen Proteinen in Form von zum Beispiel Fleisch sparsam umzugehen und vermehrt auf pflanzliche Eiweiße zu setzen. Der Grund dafür ist, dass mit tierischen Eiweißen nicht nur die Eiweiße, sondern oftmals auch ein hoher Fettgehalt aufgenommen wird. Die beste Versorgung des Körpers mit Eiweiß besteht somit aus einer Kombination aus tierischen und pflanzlichen Eiweißen – so wird die biologische Wertigkeit des Proteins erhöht.

Übrigens: Zu zusätzlichen Protein-Shakes musst du in einer Schwangerschaft nicht greifen, denn deinen Eiweißbedarf kannst du sehr einfach und auf gesunde Art und Weise decken.

- EMPFOHLENE LEBENSMITTEL:
  Eier, Sojaprodukte wie z. B. Tofu, Vollkorn-Lebensmittel, Hülsenfrüchte, Nüsse, Fisch und mageres Fleisch, wie Huhn oder Pute, ein wenig Milchprodukte

- LEBENSMITTEL, DIE IN MASSEN VERZEHRT ODER GEMIEDEN WERDEN SOLLTEN:
  Fast Food (Fleisch, das in gesättigten Ölen oder Butter frittiert wurde), Wurst, Käse, rotes Fleisch

DAS FETT

Auch die tägliche Zufuhr von Fett kann während der Schwangerschaft leicht angehoben werden. So besteht nicht mehr nur 30% der Energiezufuhr, sondern bis zu 35% der Zufuhr pro Tag, aus Fetten. Dabei ist jedoch dringend zu beachten, dass die richtigen Fette gewählt werden, was bedeutet, dass in einer Schwangerschaft auf hochwertige Fettlieferanten und ungesättigte Fettsäuren, wie Fisch oder hochwertige Pflanzenöle gesetzt werden sollte. Zurückhaltend solltest du hingegen bei gesättigten Fettsäuren sei, die wir in Fleisch, Käse oder Wurst vorfinden. Grundlegend gilt also: Die Nahrung sollte fettbewusst ausgewählt und fettige Speisen grundlegend nur in Maßen verzehrt werden.

- EMPFOHLENE LEBENSMITTEL:
  Fisch (Lachs, Hering, Makrele), Pflanzenöle (Oliven-, Raps-, Walnuss-, Lein- oder Sojaöl), Avocado, Nüsse, Samen und Saaten

- LEBENSMITTEL, DIE IN MASSEN VERZEHRT ODER GEMIEDEN WERDEN SOLLTEN:
  Fleisch, Fleischwaren, Milchprodukte und Käse mit hohem Fettgehalt, Wurst

VITAMINE

Die Zufuhr an Vitaminen spielt in einer Schwangerschaft eine große Rolle und sollte nicht auf die leichte Schulter genommen werden. Die gute Nachricht ist jedoch, dass Schwangere ihre Vitaminzufuhr größtenteils mithilfe einer gesunden und abwechslungsreichen Ernährung decken können. Nur in einzelnen Fällen werden Nahrungsergänzungsmittel vom Arzt verschrieben zum Beispiel, wenn die Frau unter anhaltender Übelkeit oder einer ausgeprägten, einseitigen Ernährung leidet.

VITAMIN A

Auch, wenn der Bedarf an Vitamin A im Verlaufe einer Schwangerschaft leicht erhöht ist, wird dringend davon abgeraten, dieses Vitamin in übermäßig hoher Dosis zu verzehren oder mithilfe von Präparaten einzunehmen. Der Grund dafür ist, dass eine zu hohe Aufnahme von Vitamin A insbesondere im ersten Trimester der Schwangerschaft für Fehlbildungen des Säuglings sorgen kann. Somit ist vielmehr darauf zu achten, nicht zu viel Vitamin A zu konsumieren, als sich über einen zu niedrigen Konsum Sorgen machen zu müssen. Vitamin A lässt sich unter anderem in hoher Konzentration in Leber finden, wobei bedacht werden muss, dass der Schadstoffgehalt einer Leber von älteren Tieren deutlich höher ist als einer Leber von jüngeren Tieren. Es ist somit ratsam, Leber oder Leberprodukte wie Lebertran nur selten und in Maßen zu konsumieren (ein- bis zwei Mal pro Monat) und stattdessen auf den Verzehr des Provitamins A (Beta-Carotin) zu setzen. Dieses Vitamin lässt sich in allen orange-gelben Gemüsesorten, vor allem in der Möhre, vorfinden – hier besteht keine Gefahr der Hypervitaminose, also der Überdosierung des Vitamin A.

- EMPFOHLENE LEBENSMITTEL:
  Möhren und orange-gelbes Gemüse
- LEBENSMITTEL, DIE IN MASSEN VERZEHRT ODER GEMIEDEN WERDEN SOLLTEN:
  Leber und Leberprodukte, wie Lebertran

VITAMIN B-KOMPLEX

B-Vitamine werden benötigt, um die Zellbildung, den Stoffwechsel sowie die Zirkulation des Blutkreislaufes zu unterstützen. Deswegen ist es auch während einer Schwangerschaft wichtig, auf eine ausreichende Aufnahme der B-Vitamine zu achten. Durch den erhöhten Bedarf an Eiweißen wird der Bedarf an Vitamin B6 im zweiten und dritten Trimester um bis zu 58% erhöht, weswegen der Bedarf durch den Konsum von Bierhefe, Fisch, Fleisch, Vollkornprodukten und einigen Gemüsesorten ausgeglichen werden sollte. Dabei ist dringend darauf zu achten, die jeweiligen Speisen schonend zubereiten, um zu vermeiden, dass die Vitamine während des Kochens verloren gehen.

- EMPFOHLENE LEBENSMITTEL:
  Vollkornprodukte, Fisch, Fleisch, Bierhefe, grünes Gemüse, wie: Spinat, Brokkoli, Endivien, Grünkohl
- LEBENSMITTEL, DIE IN MASSEN VERZEHRT ODER GEMIEDEN WERDEN SOLLTEN:
  Verkochtes Gemüse (dieses schadet zwar nicht, erzielt aber auch nicht den gewünschten Effekt)

VITAMIN C

Auch der Bedarf an Vitamin C ist ab dem vierten Monat einer Schwangerschaft erhöht, weswegen auf eine ausreichende Zufuhr geachtet werden sollte. Vitamin C wird vor allem für ein intaktes Immunsystem benötigt und dient darüber hinaus dem Aufbau des Bindegewebes, der Knochen und der Zähne. Zu Präparaten muss jedoch nicht unbedingt gegriffen werden, denn Vitamin C lässt sich leicht in vielen verschiedenen Lebensmitteln finden.

- EMPFOHLENE LEBENSMITTEL:
  Frisches Obst, wie Zitrusfrüchte oder schwarze Johannisbeeren, frisches Gemüse, Kartoffeln

VITAMIN D

Vitamin D wird für den Aufbau des Knochengewebes und der Zahnsubstanz der Mutter wie des Kindes benötigt. Dabei erhöht sich der zu konsumierende Wert an Vitamin D in einer Schwangerschaft jedoch nicht. Was dennoch zu beachten ist, ist, dass wir Vitamin D insbesondere in den wärmeren Monaten aus dem Sonnenlicht beziehen, weswegen Schwangere gerade im Sommer keine Probleme mit einem Mangel dieses Vitamins haben, sofern Sie sich tatsächlich dem Sonnenlicht aussetzen. Im Winter jedoch lässt die Sonne sich nicht allzu häufig blicken, weswegen hier einem eventuellen Mangel vorgebeugt werden sollte.

- EMPFOHLENE LEBENSMITTEL:
  Fettreiche Fische, Fischöle und Eigelb

VITAMIN E

Auch der Bedarf an Vitamin E ist in einer Schwangerschaft leicht erhöht, wer sich jedoch gesund und ausgewogen ernährt, muss sich um diesen Bedarf in der Regel keine Sorgen machen. Der Körper braucht dieses Vitamin für die Unterstützung des Immunsystems sowie für die Beseitigung von freien Radikalen, die die Zellen schädigen können.

- EMPFOHLENE LEBENSMITTEL:
  Pflanzenöle, wie Weizenkeim- oder Sonnenblumenöl, Haselnüsse, Mandeln, Süßkartoffeln

FOLSÄURE

Die Folsäure ist besonders wichtig während einer Schwangerschaft, denn sie spielt eine große Rolle bei der Vorbeugung von Neuralrohrdefekten. Diese Defekte beinhalten unter anderem Konditionen wie den offenen Rücken oder Entwicklungsstörungen des Gehirns, mit welchen ein Kind geboren werden kann. Der Bedarf an Folsäure steigt zudem bereits in einer frühen Phase der Schwangerschaft an. So geschieht der Verschluss des Neuralrohres des Kindes bereits in der sechsten bis achten Woche der Schwangerschaft. In vielen Fällen wissen betroffene Frauen in diesem Zeitraum noch gar nicht mit Sicherheit, dass sie schwanger sind. Gerade deswegen ist es wichtig, bereits bei einem Wunsch nach einer Schwangerschaft auf den Folsäure-Haushalt zu achten und gegebenenfalls vier Wochen vor der Konzeption damit zu beginnen, auf eine folsäurereiche Ernährung zu achten. Zusätzlich zu einer solchen Ernährung werden Schwangeren in der Regel Folsäure-Präparate verschrieben, die das Risiko der beschriebenen Krankheiten um 60-75% reduzieren können – eine ausschließliche Einnahme von Folsäure mittels Präparats ist jedoch nicht empfohlen und sollte auf alle Fälle durch die Ernährung unterstützt werden.

- EMPFOHLENE LEBENSMITTEL:
  Spinat, Salate, Rosenkohl, Grünkohl, Fenchel, Tomaten, Spargel, Hülsenfrüchte, Orangen, Nüsse, Weizenkeime, Vollkornprodukte, Kartoffeln, Orangen

- LEBENSMITTEL, DIE IN MASSEN VERZEHRT ODER GEMIEDEN WERDEN SOLLTEN:
  Fleisch (insbesondere Leber), Fisch und Eigelb (Der Verzehr von Fisch und Eigelb ist für Schwangere selbstverständlich auch in größeren Mengen ungefährlich, vielmehr ist es aber besser für die Ernährung, wenn die Folsäure aus den empfohlenen pflanzlichen Lebensmitteln bezogen wird)

NIACIN

Niacin gehört zu den B-Vitaminen und wird für die Regulierung des Blutzuckers sowie für den Stoffwechsel des Gehirns und die Zellatmung, für die Muskeln und das Bindegewebe benötigt. Darüber hinaus kann Niacin unsere Stimmung zum Positiven hin beeinflussen und sich ebenso positiv auf die Herztätigkeit wie auf den Schlaf auswirken und hilft dabei, Gifte und Schadstoffe aus dem Körper zu schleusen. Auch bestimmte Enzyme, die am Energieumsatz des Körpers beteiligt sind, sind auf Niacin angewiesen. Während einer Schwangerschaft und auch während des Stillens benötigt der Körper also eine erhöhte Zufuhr dieses Vitamins, ansonsten können Mangelerscheinungen, wie Pellagra, Schlafstörungen oder Verdauungsprobleme auftreten. Während Schlafstörungen und Verdauungsprobleme bekannte Erscheinungen sind, handelt es sich bei Pellagra um eine Mangelerscheinung, die insbesondere im globalen Süden zu beobachten ist und sich durch eine raue Haut äußert.

- EMPFOHLENE LEBENSMITTEL:
  Fisch (Sardellen, Thunfisch, Lachs, Makrele), Fleisch (mageres Fleisch), Mungo-Bohnen, Erdnüsse und Pilze, Bananen, Pflaumen
- LEBENSMITTEL, DIE IN MASSEN VERZEHRT ODER GEMIEDEN WERDEN SOLLTEN:
  Innereien wie Leber, Schweinefleisch

ÜBERSICHT DER BENÖTIGEN VITAMIN-ZUFUHR WÄHREND EINER SCHWANGERSCHAFT [7]

Vitamin	**Tagesbedarf im Normalfall**	**Tagesbedarf während einer Schwangerschaft**
Vitamin A	0,8 mg	1,1 mg
Vitamin D	20 µg	20 µg
Vitamin E	12 mg	13 mg
Vitamin B1	1,0 mg	1,2 mg (2. Trimester) 1,3 mg (3. Trimester)
Vitamin B2	1,1 mg	1,3 mg (2. Trimester) 1,4 mg (3. Trimester)
Vitamin B6	1,4 mg	1,5 mg (1. Trimester) 1,8 mg (2. und 3. Trimester)
Vitamin B12	4,0 µg	4,5 µg
Vitamin C	95 mg	105 mg (ab dem 4. Monat der Schwangerschaft)
Niacin	12-13 mg	14 mg (2. Trimester) 16 mg (3. Trimester)
Folsäure	300 µg	550 µg

MINERALSTOFFE UND SPURENELEMENTE

CALCIUM

Calcium ist Bestandteil unserer Knochen und spielt somit eine wichtige Rolle. Verfügt der Körper zum Beispiel über zu wenig Calcium, greift er auf jene Reserven in den Knochen zurück, was im schlimmsten Fall zu Krankheiten wie Osteoporose führen kann. Teilweise wird hierbei auf Milch und Milchprodukte verwiesen, um den Bedarf an Calcium zu decken. Doch auch über pflanzliche Nahrungsmittel ist die Calcium-Zufuhr gleichermaßen möglich, daher sollten bei einer veganen Ernährung folgende Lebensmittel besonders bedacht werden.

- EMPFOHLENE LEBENSMITTEL:
  Calciumhaltiges Mineralwasser, Blattspinat, Brokkoli, Grünkohl, Rucola, Hasel- und Paranüsse, Brombeeren, Johannisbeeren, Himbeeren

EISEN

Auch, wenn die Menstruation während der Schwangerschaft ausfällt, kommt es häufiger vor, dass Frauen insbesondere in der Spätschwangerschaft eine Eisenmangelanämie (eine sogenannte Blutarmut) entwickeln. In der Regel besteht jedoch nur eine relative Blutarmut, die daraus resultiert, dass das Blutvolumen sich deutlich erhöht, die Anzahl der roten Blutkörperchen jedoch nicht schnell genug mitwachsen kann. Gerade deswegen ist es ratsam, auf eine ausreichende Eisenzufuhr zu achten. Diese wird insbesondere durch tierische Produkte gewährleistet, wobei immer empfohlen wird, gleichzeitig Vitamin C aufzunehmen, damit die Bioverfügbarkeit verbessert wird. Noch ein extra Hebammen-Tipp: Es sollte beim Verzehr von Eisen vermieden werden, gleichzeitig Milchprodukte zu sich zu nehmen, denn die verhindern die Eisenaufnahme. Sie setzt insbesondere auf: schwarzen Sesam, grünen Hafertee, Hirse und ungesalzene Pistazien! Wer sich vegan oder vegetarisch ernährt, hat zwar reichlich Auswahl an Lebensmitteln, sollte jedoch gegebenenfalls mit seinem Arzt sprechen, ob die Einnahme eines Eisenpräparats insbesondere im letzten Trimester sinnvoll ist.

- EMPFOHLENE LEBENSMITTEL:
  Fleisch, Weizenkleie, Kürbiskerne, Hülsenfrüchte, Leinsamen, Quinoa, Pistazien, schwarzer Sesam, Hirse, Hafertee, Amaranth

- LEBENSMITTEL, DIE NUR IN MASSEN VERZEHRT ODER GEMIEDEN WERDEN SOLLTEN:
  Innereien wie Leber

JOD

Verfügt der menschliche Körper über zu wenig Jod, so tritt ein Jodmangel auf, welcher zu Müdigkeit oder der Vergrößerung der Schilddrüse (Struma) führen kann. Damit dies nicht passiert, ist es insbesondere während einer Schwangerschaft sinnvoll, mindestens zwei Mal pro Woche jodhaltige Lebensmittel, wie Kabeljau oder Scholle zu verzehren – Jodsalz hingegen bringt hier nur geringe Besserung. Sollte der Verzehr von stark-jodhaltigen Lebensmitteln, aufgrund einer vegetarischen oder veganen Lebensweise, nicht möglich sein, wird teilweise geraten, eine prophylaktische Substitution von Jod einzunehmen, eine solche Einnahme sollte dabei ausschließlich in Rücksprache mit dem Arzt eingenommen werden.

- EMPFOHLENE LEBENSMITTEL:
  Seefisch (Scholle, Kabeljau, Makrele, Seelachs), Algen, Meeresfrüchte

- LEBENSMITTEL, DIE NUR IN MASSEN VERZEHRT ODER GEMIEDEN WERDEN SOLLTEN:
  Milchprodukte, Wurstaufschnitt

MAGNESIUM

Dieser Mineralstoff unterstützt den Stoffwechsel des ungeborenen Kindes und hilft dem Körper der Mutter darüber hinaus bei der Vorbeugung von Krämpfen oder vorzeigen Wehen. Magnesium lässt sich in einigen Lebensmitteln vorfinden, jedoch verschreiben Ärzte in der Regel auch Magnesiumpräparate, sollte der Anlass bestehen.

- EMPFOHLENE LEBENSMITTEL:
  Kürbiskerne, Weizenkleie

ZINK

Eine ausreichende Menge an Zink benötigt der Körper für die Zellteilung. Besteht jedoch ein Zink-Mangel, so kann dieser ein niedriges Geburtengewicht des Kindes bewirken oder das Risiko einer Fehlgeburt steigern. Nicht nur während der Schwangerschaft, sondern auch während des Stillens, ist es deswegen wichtig, auf eine ausreichende Zink-Zufuhr zu achten.

- EMPFOHLENE LEBENSMITTEL:
  Fleisch (Lamm, Rind, Pute), Sardinen, Hartkäse, Vollkornprodukte, Weizenkeime, Hülsenfrüchte, Mohn, Nüsse, Trockenfrüchte

- LEBENSMITTEL, DIE NUR IN MASSEN VERZEHRT ODER GEMIEDEN WERDEN SOLLTEN:
  Innereien, wie Leber

ÜBERSICHT DER BENÖTIGEN VITAMIN-ZUFUHR WÄHREND EINER SCHWANGERSCHAFT [8]

Mineralstoff/Spurenelement	Tagesbedarf im Normalfall	Tagesbedarf während einer Schwangerschaft
Calcium	1000 mg	11000 mg (1200 mg bei Frauen unter 19 Jahren)
Magnesium	300 mg	310 mg
Eisen	15 mg	30 mg
Zink	7-10 mg	1,2 mg (2. Trimester) 1,3 mg (3. Trimester)
Vitamin B2	1,1 mg	7-11 mg (1. Trimester) 9-13 mg (2. Und 3. Trimester)
Jod	200 µg	230 µg

Wichtiger Hinweis zu Nahrungsergänzungsmitteln

Nach dem Lesen des letzten Kapitels kann einem schon einmal der Kopf schwirren – **was muss ich jetzt noch ergänzen? Kann ich meinem Kind all das geben, was es benötigt?**

Grundlegend kann gesagt werden, dass eine hochwertige und abwechslungsreiche Ernährung die Einnahme von Nahrungsergänzungsmitteln überflüssig macht. Insbesondere, wer tierische Lebensmittel konsumiert und dies auf einer gesunden und nachhaltigen Basis tut, versorgt seinen Körper und somit auch den des Kindes mit hochwertigen und gesunden Nährstoffen – ausreichend Nährstoffen, um die gesunde Entwicklung des Nachwuchses zu gewährleisten.

Eine kleine Ausnahme gibt es jedoch: Die Folsäure. Diese in den richtigen Mengen ausschließlich durch die Nahrung einzunehmen ist fast unmöglich, weswegen Schwangeren empfohlen wird, schon ab der vierten Woche vor Konzeption damit zu beginnen, ein Folsäure-Präparat einzunehmen. Dies sollte natürlich im Idealfall in Absprache mit dem behandelnden Arzt geschehen. Auch der Jod-Haushalt wird durch unsere alltägliche Ernährung in der Regel nicht ausreichend gedeckt, weswegen Folsäure-Präparate oftmals über eine kleine Jod-Komponente verfügen, die den Körper zusätzlich mit diesem Nährstoff versorgen.

Wenn sich eine schwangere Frau vegetarisch oder vegan ernährt, sieht es jedoch ein bisschen anders aus mit den Nahrungsergänzungsmitteln. So bedarf eine vegane Lebensweise einer sorgfältigen Planung, damit der veränderte Bedarf an Energie und Nährstoffen abgedeckt werden kann. Es ist für vegetarische und vegane schwangere Frauen sehr sinnvoll, eine Ernährungsberatung in Anspruch zu nehmen und ihren Nährstoffhaushalt im Verlaufe der Schwangerschaft regelmäßig überprüfen zu lassen. Zusätzliche Nährstoff-Präparate sollten jedoch nur dann eingenommen werden, wenn ein entsprechender Mangel von einem Arzt diagnostiziert und das jeweilige Präparat auch verschrieben wurde.

Verbotene Lebensmittel während einer Schwangerschaft

Wie bereits beschrieben wurde, handelt es sich bei der Plazenta bei weitem um keinen Filter, der all die negativen Stoffe, die die Mutter aufnimmt, so herausschleust, dass diese nicht an das heranwachsende Kind gelangen können. Für Zwei zu essen bedeutet einfach nicht, dass doppelt so viel gegessen werden kann, sondern, dass das Kind im Bauch die gleichen Nährstoffe bekommt, wie die Mutter durch ihre Nahrung zu sich führt. Somit gibt es bei einer Schwangerschaft einige Dinge, die dringend gemieden werden sollten, um eine hochwertige und gesunde Entwicklung des Kindes zu unterstützen und die Entstehung von Schäden oder Krankheiten zu vermeiden.

ALKOHOL UND NIKOTIN

Auch, wenn in der Regel alle schwangeren Frauen wissen, dass Alkohol und Nikotin stark schädlich für das ungeborene Kind sind, gibt es dennoch immer wieder Fälle, in denen während einer Schwangerschaft geraucht oder Alkohol konsumiert wurde. Das liegt in nicht wenigen Fällen auch daran, dass gerade das Rauchen bei vielen Frauen eine Sucht darstellt, die nicht mal eine Schwangerschaft einfach abschalten kann. Genau deswegen muss auch dieser Ratgeber kurz auf die Wichtigkeit dessen eingehen, die Finger von Nikotin und Alkohol zu lassen, auch, wenn es schwerfallen mag.

Fangen wir mit dem Alkohol an: Aus wissenschaftlicher Sicht gibt es keine Grenze, unter welcher es in Ordnung ist, Alkohol während einer Schwangerschaft zu genießen. Demnach ist selbst der Konsum eines halben Glases Rotweins in diesen neun Monaten verboten und sollte nicht auf die leichte Schulter genommen werden. Insbesondere in den ersten Monaten der Schwangerschaft kann der Konsum von Alkohol erhebliche Schäden in der Entwicklung des Kindes hervorrufen. Auch nach der Geburt, sollte das Kind gestillt werden, wird der kindliche Organismus von dem Nervengift – welches der Alkohol nun einmal ist – angegriffen.[9]

Auch das Nikotin spielt eine enorme Rolle bei der Erhöhung der Risiken während einer Schwangerschaft. Dabei geht es nicht nur um das Zigaretten-Rauchen per se, auch nikotin-haltige Genussmittel, wie Shisha-Tabak oder die E-Zigarette sollten während einer Schwangerschaft dringend gemieden werden. Rauchen Frauen während einer Schwangerschaft, können mehrere Probleme auftreten: Das Kind kann mit einem besonders niedrigen Geburtengewicht zur Welt kommen und läuft im späteren Leben eher Gefahr, an Übergewicht zu leiden. Auch die Neigung der Entwicklung von Allergien steigt, wenn die Mutter während der Schwangerschaft raucht oder nach der Geburt das Passivrauchen des Kindes nicht vermeidet.

KOFFEIN

Was Koffein angeht, scheiden sich oftmals die Geister. Ist die Tasse Kaffee nun in Ordnung oder nicht? Für eine begründete Meinung muss zunächst gewusst werden, wie Koffein aufgenommen und an das Kind weitergeleitet wird. So durchdringt das aufgenommene Koffein die Schranke der Plazenta und erreicht das Kind in einer Konzentration, die fast so hoch ist, wie bei der Einnahme der Mutter. Da dem Fötus jedoch ein Enzym in der Leber fehlt, mit dem es Koffein abbauen kann, fällt die Wirkung deutlich stärker aus und das Kind benötigt zwanzig Mal länger, um das aufgenommene Koffein wieder abzubauen. Eine zu hohe Koffeinzufuhr, insbesondere in den ersten Monaten der Schwangerschaft kann sogar das Risiko einer Fehlgeburt verdoppeln. Es wird somit empfohlen, nicht mehr als 200 mg Koffein (ungefähr zwei Tassen) pro Tag zu konsumieren. Von Energydrinks sollten dabei während einer Schwangerschaft immer die Hände gelassen werden.[10]

KEIME

Die gefährlichen Keime, die zu gefährlichen Krankheiten führen können – oder nicht? Tatsächlich besteht bei schwangeren Frauen nicht unbedingt ein größeres Risiko, an Lebensmittelinfektionen zu erkranken, als bei Menschen, die nicht schwanger sind. Dennoch sollten Schwangere während der neun Monate-langen Reise auf einige Dinge achten, um gesund und munter zu bleiben und diese Dinge haben mit Keimen zu tun.

Eine Infektionskrankheit stellt die **Toxoplasmose**[11] dar und Achtung: Sie kann durch unsere geliebten Stubentiger übertragen werden. Viele Katzen tragen einen protozooischen Parasiten in sich, welcher durch den Kot, durch ungewaschenes Gemüse aus dem Garten (auf welchem Katzenkot gewesen sein könnte) oder durch Dreck auf den

Menschen übertragen kann. In wenigen Fällen ruft diese Erkrankung beim Menschen Symptome wie Durchfall, hervor, jedoch trägt ein Großteil der Katzenbesitzer diesen Erreger bereits in sich und ist somit dagegen immun. Was jedoch problematisch werden kann, ist eine Erstinfektion mit diesem Erreger während einer Schwangerschaft, da der Erreger so auch auf das ungeborene Kind überspringen und dort schwere Schäden anrichten kann. Wer also Katzenbesitzer ist, sollte sich von einem Arzt auf diesen Erreger testen lassen. Wenn die Frau bereits immun ist, müssen sich keine Sorgen bereitet werden. Ansonsten sollte in Hinblick auf das Risiko Rücksprache mit dem Arzt gehalten werden.

Generell gilt die Regel in der Schwangerschaft: **Alles, was zu Mund geht, wird gewaschen!**

Bakterien, die Kälte aushalten und in kleineren Mengen so gut wie überall zu finden sind, sind **Listerien**[12]. Diese Bakterien werden durch Hitze oder eine lange Reifezeit zerstört. Normal-gereifter Käse ist also frei von schädlichen Mengen an Listerien, während die Rohmilch vom Bauernhof während einer Schwangerschaft gemieden werden sollte.

Auch die bekannten **Salmonellen** stellen ein Risiko dar. Erkrankt eine Schwangere an einer Salmonellenvergiftung, kann sie diese zwar nicht an das ungeborene Kind weitergeben, doch die Symptomatik der schweren Durchfälle und des Erbrechens können den Körper der Mutter enorm schwächen und sogar vorzeitige Wehen auslösen.

Die Erkrankungen **EHEC – Enterohämorrhagische Escherichia coli** – kann durch den Konsum von Bakterien in rohen Lebensmitteln den Körper einer schwangeren Frau beeinträchtigen und sich auch auf das ungeborene Kind auswirken. Somit gilt der Krankheitsverlauf dieser Erkrankung als besonders schwerwiegend und kann sogar zu Nierenversagen führen.

SO VERMEIDEST DU EINE INFEKTION MIT DIESEN KRANKHEITEN:

1. Rohmilch und Rohmilchprodukte vermeiden: Es ist ratsam, ausschließlich wärmebehandelte Milch zu trinken und auch keinen Rohmilchkäse (genaueres muss auf der Verpackung angegeben sein) zu verzehren. Pasteurisierte Frischmilch oder H-Milch sind hier die bessere Wahl.

2. Rohes Fleisch und Rohwurst vermeiden: Das Steak medium rare zu verspeisen, ist während einer Schwangerschaft keine gute Idee und es wird geraten, ausschließlich Fleisch zu verzehren, welches vollständig durchgegart wurde. Dabei muss jedoch nicht viel verzichtet werden, denn selbst luftgetrockneter Schinken (vorausgesetzt, die Reifezeit ist lang genug) enthält keine schädlichen Bakterien mehr.

3. Rohen Fisch meiden: Eine Portion Sushi-Maki mit rohem Lachs muss momentan leider bis nach der Schwangerschaft warten. Roher und geräucherter Fisch sollten während einer Schwangerschaft nämlich nicht verzehrt werden. Dabei sind alle Fisch-Sorten, die in Dosen abgepackt sind, in der Regel vollständig durchgegart und sicher für den Verzehr. Wer selbst Fisch zubereitet, sollte dringend darauf achten, diesen vollständig zu garen.

4. Rohes Ei vermeiden: In rohem Ei lassen sich Salmonellen finden. Deswegen sollte auch das Frühstücksei am Sonntag vollständig gegart sein, anstatt einen flüssigen Eigelb-Kern zu haben. Achtung auch bei Mayonnaise oder Desserts, die mit rohen Eiern hergestellt werden!

5. Rohes Getreide vermeiden: Abgepackte Getreideflocken sind unbedenklich. Wer jedoch seinen Hafer selber flockt, sollte diesen erst verkochen oder verbacken, bevor er ihn konsumiert.

6. Abgepackte Salate: Rohkost und Salate sind grundlegend kein Problem während einer Schwangerschaft. Was jedoch gemieden werden sollte, sind abgepacktes Gemüse und Obst. Hier können sich gefährliche Keime in der Verpackung bilden, die für den Menschen an sich nicht schädlich sind, für Schwangere jedoch ein Risiko darstellen könnten.

DAS IST MIT VORSICHT ZU GENIEẞEN:

Wie bereits schon vermerkt wurde, sollten schwangere Frauen bei dem Konsum von Leber vorsichtig sein. Der Vitamin-A-Gehalt ist bei diesem Lebensmittel so hoch, dass das ungeborene Kind davon geschädigt werden kann. Besonders riskant ist der Konsum von **Leber** zwischen der dritten und zwölften Woche einer Schwangerschaft. Da Leberwurst maximal zu 25% aus Leber besteht, ist der Konsum dieser unbedenklich.

Auch der Konsum von **Algen** versorgt den Körper zwar mit einer Menge Jod, vor allem die Braunalgen verfügen jedoch über so viel Jod, dass der Konsum wieder gefährlich für das ungeborene Kind werden könnte. Vegetarisches Sushi, welches mit gerösteten Nori-Algenblättern umwickelt wurde, ist jedoch unbedenklich.

Raubfische sollten während einer Schwangerschaft auch nicht gegessen werden, denn die großen Fische verzehren kleinere Fische und nehmen somit Schwermetalle und andere Dioxine auf. Auf Thunfisch, Aal, Heilbutt, Schwertfisch und den Seeteufel sollte demnach während einer Schwangerschaft verzichtet werden.

Auch gewisse Gewürze, wie **Ingwer, Kardamom, Nelken, Zimt und Oregano** sollten während einer Schwangerschaft gemieden werden. Sie enthalten nämlich den Stoff Kampfer, welcher in größeren Mengen vorzeitige Wehen auslösen kann. Dabei ist es jedoch absolut unbedenklich, wenn gelegentlich kleine Mengen der Gewürze verzehrt werden, wer schwanger ist, sollte lediglich darauf achten, keine zu großen Mengen zu konsumieren.[13]

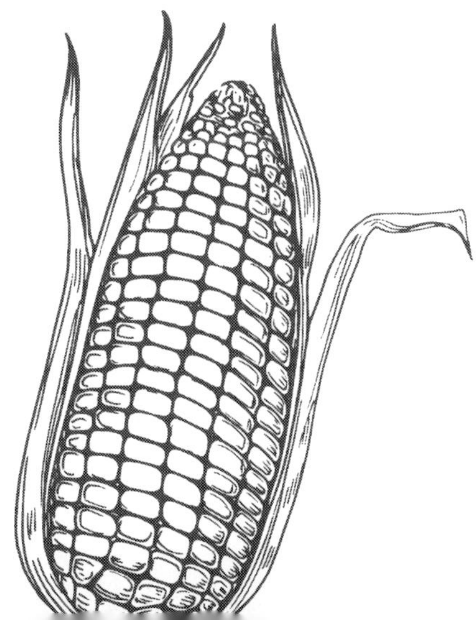

Lebensmittel gegen Schwangerschaftsbeschwerden

Die neun Monate, in denen voller Erwartung der Geburt des Kindes entgegengesehen wird, stellen zwar eine wunderschöne, aber auch eine anstrengende und körperlich-belastende Zeit dar. Nicht selten kommt es vor, dass schwangere Frauen über Übelkeit, Sodbrennen oder Magenschmerzen klagen. Die gute Nachricht ist, dass es für solche Beschwerden viele kleine Hausmittel gibt, die schnell für eine Linderung sorgen können. Nachfolgend werden dir also die bekanntesten und wirksamsten Hausmittel gegen gängige Schwangerschaftsbeschwerden vorgestellt.

ÜBELKEIT

Der Geruch von frisch-aufgebrühtem Kaffee sorgt auf einmal für ein Aufwallen der Übelkeit oder die Lieblingspizza kann nicht einmal vom weiten betrachtet werden, ohne dass die Hand vor den Mund wandert? Ungefähr 50 bis 75% aller werdenden Mütter leiden an Übelkeit, die nicht nur morgens, sondern auch über den Tag verteilt auftritt. Hier bieten sich magenberuhigende Tees zur Linderung an und es wird geraten, insbesondere morgens leichte Kost zu sich zu nehmen. Darüber hinaus können reichlich Ruhe und Entspannung der Übelkeit entgegenwirken. Sollte eine schwangere Frau unter regelmäßigem Brechreiz leiden und sich sehr häufig übergeben müssen, ist es dringend ratsam, eine ärztliche Behandlung in Betracht zu ziehen, denn durch das Übergeben verliert der Körper viel Flüssigkeit und Nährstoffe.

Darüber hinaus bietet es sich an, über den Tag verteilt, kleine Portionen Obst oder Trockenobst zu konsumieren.
So wird der Blutzuckerspiegel trotz Erbrechen konstant gehalten und der Kaliumspeicher wird wieder aufgefüllt.

DARMTRÄGHEIT

Nicht selten kommt es vor, dass schwangere Frauen über Darmträgheit und den damit einhergehenden Verstopfungen und Verdauungsproblemen berichten. Abführmittel sind hier natürlich tabu! Stattdessen sollte ein großer Wert auf ballaststoffreiche Nahrungsmittel wie Müsli, Vollkornprodukte und auch Obst (in geringeren Mengen) gelegt werden.

WADENKRÄMPFE

Muskelkrämpfe in der Wade tun nicht nur weh, sie rauben auch den Schlaf. Wer einen akuten Wadenkrampf bemerkt, sollte die Fußspitzen zügig zum Körper hinziehen und die Waden somit strecken. Eine ausreichende Bewegung und eine Massage der Beine gilt dabei also gute Vorbeugung gegen Wadenkrämpfe. Schlussendlich werden Wadenkrämpfe in der Regel von einem Mangel an Magnesium hervorgerufen. Hier ist es ratsam, Lebensmittel zu verzehren, die einen hohen Anteil an Magnesium (zum Beispiel Kürbiskerne oder Weizenkleie) aufweisen oder mit dem Arzt die Option der Nahrungsergänzungsmittel zu besprechen. Eine erfahrene Hebamme empfiehlt zudem Bananen und Aprikosen sowie Heilwasser (eine Flasche über den Tag verteilt).

SODBRENNEN

Die hormonellen Veränderungen während einer Schwangerschaft bewirken oftmals, dass Schwangere sich über ein unangenehmes Sodbrennen beklagen. Hier gibt es verschiedene Hausmittel, die Linderung verschaffen können:

- Lieber häufiger essen und dafür kleinere Portionen verzehren – so ist der Magen nicht vollständig befüllt und die Magensäure wird nicht nach oben gedrückt.
- Stark-gewürzte Lebensmittel sollten gemieden werden.
- Der Konsum von Kaffee sollte heruntergeschraubt werden (siehe das Kapitel zu den verbotenen Lebensmitteln: Mehr als zwei Tassen Kaffee am Tag sind ohnehin nicht ratsam).
- Bierhefe kann ebenfalls gegen Sodbrennen helfen. Hier gibt es ganz einfach Bierhefe-Tabletten, die ergänzend eingenommen werden können.
- Bei besonders schlimmen Fällen bietet es sich an, eine halbe gekochte Kartoffel sowie eine rohe Möhre langsam zu kauen. Die beiden Lebensmittel können die Säure im Körper neutralisieren.
- Kaue eine Handvoll Mandeln, auch das kann Abhilfe schaffen!
- Suppen oder warme Milch mit Honig können ebenfalls die Symptome von Sodbrennen lindern.
- Und auch hier hilft das Heilwasser!

GESCHWOLLENE FÜSSE

Sie sind zwar harmlos, aber unangenehm. Nicht selten klagen Schwangere über Wassereinlagerungen in den Füßen. Hier kann leider nicht viel entgegengewirkt werden, jedoch muss dringend angemerkt werden, dass schwangere Frauen deswegen niemals aufhören sollten, ausreichend Flüssigkeit zu sich zu nehmen. Stattdessen bietet es sich an, die Füße hochzulegen und auszuruhen und auch auf eine ausgewogene Ernährung zu achten.

Ernährung in der Stillzeit

Dieses Kapitel beschäftigt sich nicht damit, ob eine Frau ihr Baby stillen sollte oder die Flasche doch die bessere Möglichkeit ist. Vielmehr geht es darum, dass auch das Stillen dem Körper einiges abverlangt und die Besonderheiten der Ernährung während der Schwangerschaft nicht automatisch nach der Geburt enden. Wer also sein Baby über Muttermilch ernährt, sollte auch in dieser Zeit einiges in der Nahrungszufuhr beachten.

Grundlegend lässt sich sagen, dass die Ernährung, die während der Schwangerschaft gepflegt wurde, auch über den Zeitraum des Stillens hinaus betrieben werden sollte. Das bedeutet, dass weiterhin auf eine hochwertige, gesunde und abwechslungsreiche Kost gesetzt wird und auch ein höherer Konsum an Kalorien erlaubt ist. So steigt der Kalorien-Bedarf in den ersten vier Monaten nach der Geburt um ungefähr 500 Kilokalorien[14], wenn gestillt wird. Insbesondere dann, wenn die Fettreserven, die der Körper während der Schwangerschaft angesammelt hat, aufgebraucht sind, gilt es also, seinem Hungergefühl nachzugehen und gerne auch einmal das eine oder andere Brot mehr am Tag zu verzehren. Natürlich entspricht die Angabe von zusätzlichen 500 Kilokalorien einer Durchschnittsangabe und kann von Frau zu Frau variieren – wichtig zu betonen ist aber, dass der Körper der Mutter für die Produktion der Milch natürlich mehr Kalorien verbraucht und mehr Nährstoffe benötigt, weswegen ein übermäßiges Hungern vermieden werden sollte.

Ein weiterer Grundsatz, der auch während des Stillens gilt, ist: Qualität vor Quantität. Wie auch während der Schwangerschaft nicht doppelt so viel, sondern doppelt so hochwertig gegessen werden sollte, ist eine ausreichende Zufuhr von Mineralstoffen, Spurenelementen und Vitaminen auch während des Stillens essenziell. Lebensmittel während des Stillens zu meiden, ist übrigens auch nicht unbedingt sinnvoll. So hören wir immer wieder, dass aufblähende Lebensmittel, wie Kohl, Lauch oder auch Knoblauch während des Stillens lieber nicht konsumiert werden sollen. Ein grundlegender Verzicht ist jedoch nicht nötig. Vielmehr ist es sinnvoll, selbst zu testen, welches Lebensmittel diese Beschwerden beim Kind hervorruft und das jeweilige Nahrungsmittel im Anschluss zu meiden. Auch, dass Zitrusfrüchte oder Tomaten für einen wunden Po des Babys sorgen, ist wissenschaftlich nicht belegt. Hier gilt: Probieren geht über Studieren. Teste aus, was deinem Baby guttut und auf welche Lebensmittel es nicht so gut reagiert. Bis auf leichte Blähungen oder einen wunden Po, kann die Ernährung während des Stillens keine Schäden anrichten oder Krankheiten hervorrufen.[15] Vielmehr gilt es, hochwertig und abwechslungsreich zu essen – **so bietest du deinem Kind die besten Grundlagen für einen starken Start ins Leben!**

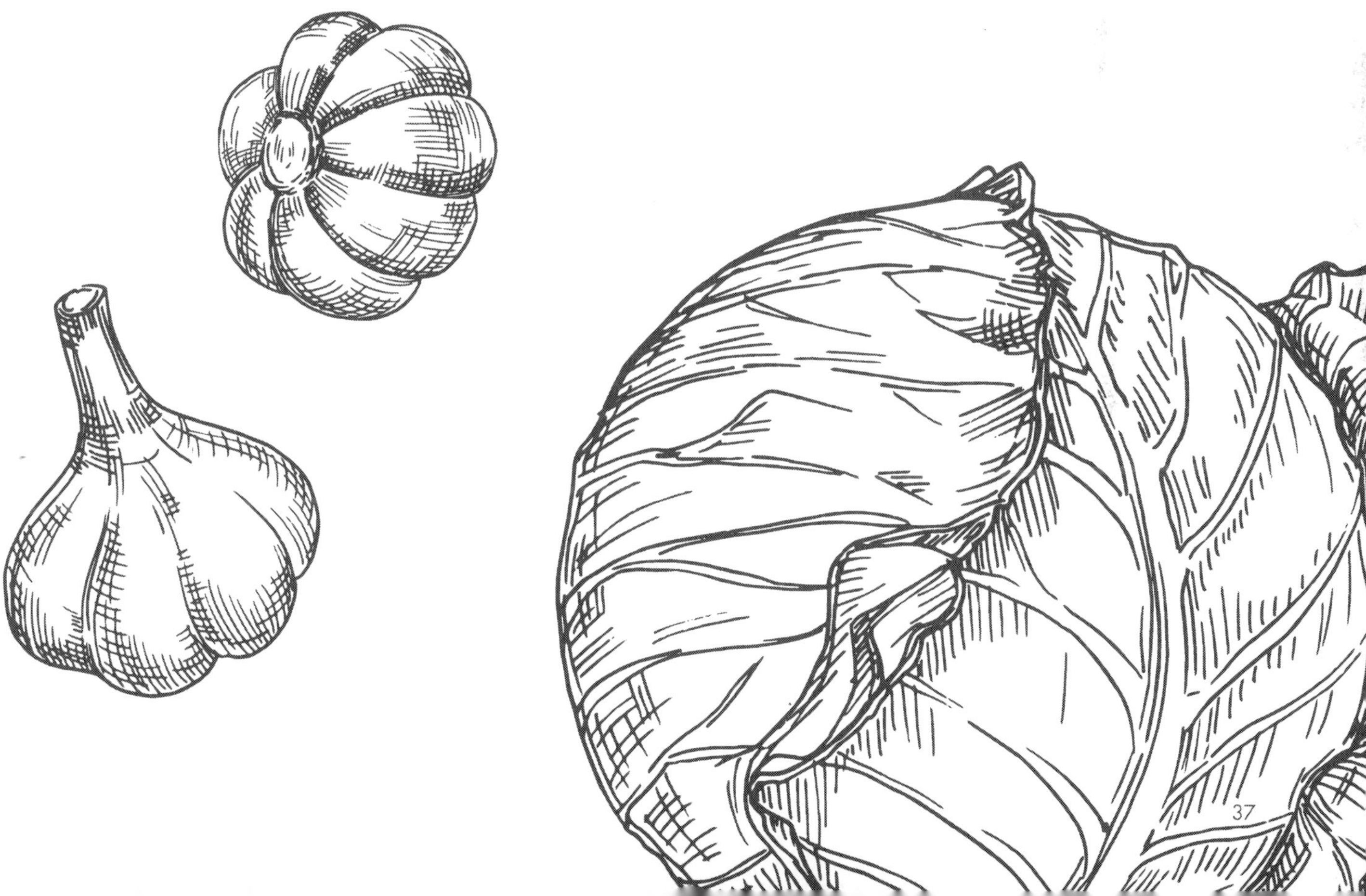

Rezepte

Frühstück

Chicken-Sandwich mit Pesto (2 Portionen)

BESTENS VERSORGT

Das Hühnerfleisch versorgt dich mit reichlich B-Vitaminen sowie Eisen und Zink. Das Vollkornbrötchen hält dich dabei lange satt und steuert Magnesium zu deinen Nährstoffen hinzu.

ZUBEREITUNGSZEIT | 10 MINUTEN

ZUTATEN

- 1 Paprikaschote
- 2 Vollkornbrötchen
- 1 Handvoll Babyspinat
- 4 EL grünes Pesto
- 6 Scheiben Hähnchenbrust-Aufschnitt
- 4 Blätter Basilikum

ZUBEREITUNG

1. Die Paprikaschote und den Babyspinat waschen. Die Paprika entkernen und in Streifen schneiden.

2. Basilikum-Blätter waschen und trockenschütteln.

3. Die Vollkornbrötchen aufschneiden und mit dem Pesto bestreichen.

4. Anschließend den Spinat, den Hähnchenbrustaufschnitt sowie Basilikum und Paprika auf die Brötchenhälften geben.

Frühstücks-Wrap mit Avocado und Huhn (2 Portionen)

BESTENS VERSORGT

Avocado versorgt dich mit wertvollen Omega-3-Fettsäuren sowie Vitamin C, B, E, Kupfer und Magnesium!

ZUBEREITUNGSZEIT | 20 MINUTEN

ZUTATEN

- 1 Avocado
- 1 Tomate
- 1 Möhre
- 50g Feldsalat
- 1 Bund Schnittlauch
- 100 g Frischkäse
- 100 g Hühnerbrustfilet
- 2 Vollkorn-Tortillas
- 1 EL Pflanzenöl
- Salz und Pfeffer

ZUBEREITUNG

1. Das Hühnerbrustfilet unter fließendem Wasser reinigen und anschließend trockentupfen. In dünne Streifen schneiden und diese mit Salz und Pfeffer würzen.
2. Das Öl in einer Pfanne erhitzen und das Fleisch darin von allen Seiten gründlich anbraten. Anschließend beiseitelegen.
3. Währenddessen die Tomate, die Möhre und den Feldsalat waschen. Den Strunk der Tomate entfernen, die Möhre schälen und den Feldsalat verlesen. Tomate und Möhre in kleine Würfel schneiden.
4. Die Tortillas auslegen und mit dem Frischkäse bestreichen.
5. Die Avocado aus der Schale heben und vom Kern entfernen. Mit einer Gabel zerdrücken und auf den Frischkäse geben.
6. Tortillas mit Salat, Tomate, Möhre und dem Hühnerbrustfilet belegen.
7. Den Schnittlauch waschen und trockenschütteln. Anschließend feinhacken und über die Tortillas geben. Die Tortillas zusammenfalten.

Strammer Max (2 Portionen)

BESTENS VERSORGT

Manchmal darf es auch ein richtig deftiges Frühstück sein – ein strammer Max auf Vollkornbrot kann dieses Bedürfnis befriedigen und macht dich lange satt.

ZUBEREITUNGSZEIT | 15 MINUTEN

ZUTATEN

- 2 Eier
- 50g Speckwürfel
- 2 Scheiben Gouda
- 2 Scheiben Vollkornbrot
- 2 EL Schnittlauch (gehackt)
- 2 EL Petersilie (gehackt)
- Salz und Pfeffer

ZUBEREITUNG

1. Die Speckwürfel in eine Pfanne geben und knusprig braten.
2. Anschließend die Eier in der Pfanne aufschlagen und die Speckwürfel in die Ei-Masse schieben, sodass sie festbacken.
3. Sobald das Ei stockt, wenden und von beiden Seiten braten.
4. Mit dem Käse bedecken und diesen schmelzen lassen. Kräuter auf den Käse geben.
5. Das Ei auf zwei Scheiben Vollkornbrot verteilen und nach Belieben mit Salz und Pfeffer würzen.

Vollkornbrötchen mit Kochschinken (2 Portionen)

BESTENS VERSORGT

Kochschinken liefert dir wichtige Proteine sowie Eisen, Zink, Magnesium und Vitamin B12.

ZUBEREITUNGSZEIT | 10 MINUTEN

ZUTATEN

- 1 kleine Zwiebel
- 1 kleine Essiggurke
- 2 EL Quark (optional: 2 EL vegane Mayonnaise aus dem guten Sortieren Bio- oder Supermarkt)
- 1 TL Senf
- 4 Blätter Eisbergsalat
- 2 Vollkornbrötchen
- 100g Kochschinken
- Salz und Pfeffer

ZUBEREITUNG

1. Die Zwiebel schälen und in feine Würfel schneiden. Die Gewürzgurke ebenfalls in dünne Würfel schneiden.
2. Den Quark mit der Mayonnaise in einer Schüssel vermengen und die Zwiebel sowie die Gewürzgurke unterheben und mit Salz und Pfeffer abschmecken.
3. Die Salatblätter gründlich waschen und trockenschütteln.
4. Die Brötchen aufschneiden und mit der selbstgemachten Remoulade bestreichen.
5. Je zwei Blätter Eisbergsalat sowie die Hälfte des Kochschinkens auf die Brötchenhälften geben und diese zusammenklappen.

Knuspriges Müsli mit Beeren (10 Portionen)

BESTENS VERSORGT

Dieses Rezept versorgt euch durch den Amaranth und die Kürbiskerne mit reichlich Eisen und Eiweiß und hält dich lange Zeit satt. Dabei kannst du in einem Rutsch ganz leicht zehn Portionen herstellen und nach und nach genießen.

ZUBEREITUNGSZEIT | 10 MINUTEN

ZUTATEN

- 50g Sesam
- 40 g Erythrit (Süßmittel; alternativ: Kokosblütenzucker)
- 60 g Kürbiskerne
- 80 g gepoppter Amaranth
- 200 g Hirseflocken
- 100 g Beeren
- 150 g (veganen) Joghurt

ZUBEREITUNG

1. Eine Pfanne ohne die Zugabe von Öl erhitzen und Sesam und Kürbiskerne auf niedriger Hitzestufe goldbraun rösten.
2. Erythrit hinzugeben und über den Samen schmelzen lassen.
3. Nach und nach Amaranth und Hirseflocken unterheben. Pfanne anschließend vom Herd nehmen und abkühlen lassen.
4. Nach dem Abkühlen kann die Müsli-Mischung in ein großes Glas abgefüllt werden.
5. Die Beeren unter fließendem Wasser waschen und mit einem Küchentuch trockentupfen.
6. 3-4 EL des Müslis mit den Beeren und dem (veganen) Joghurt vermengen und direkt genießen.

Fruchtige Overnight-Oats (2 Portionen)

BESTENS VERSORGT

Overnight-Oats sind Haferflocken, die du am Vorabend schon fertig machst und am nächsten Morgen direkt genießen kannst. Dadurch, dass die Haferflocken einweichen, sind sie für deinen Körper leichter verdaulich.

ZUBEREITUNGSZEIT | 10 MINUTEN + 1 NACHT

ZUTATEN

- 2 Bio-Orangen
- 60 g Vollkorn-Haferflocken
- 1 Granatapfel
- 4 EL Haselnusskerne
- 200 g (veganen) Joghurt

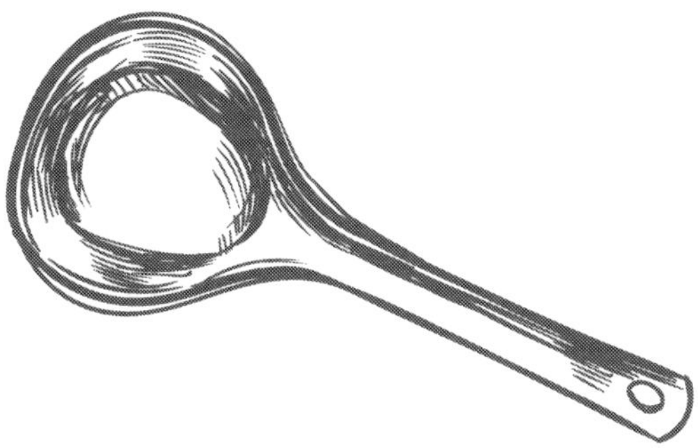

ZUBEREITUNG

1. Eine der Orangen halbieren und den Saft auspressen.
2. Saft mit den Haferflocken sowie einem Esslöffel Wasser vermengen. Auf zwei Schüsseln aufteilen und über Nacht im Kühlschrank quellen lassen.
3. Am nächsten Morgen die zweite Orange schälen und das Fruchtfleisch in Spalten schneiden.
4. Die Granatapfelkerne aus der Schale entfernen.
5. Die Haselnüsse grob zerhacken.
6. Die Haferflocken mit den Granatapfelkernen, den Orangenspalten, den Haselnüssen sowie dem Joghurt garnieren.

Toast mit Ziegenkäse und Senf (2 Portionen)

BESTENS VERSORGT

Dieses herzhafte Rezept stillt den Heißhunger auf Deftiges – der Senf hilft dabei, Sodbrennen zu lindern.

ZUBEREITUNGSZEIT | 5 MINUTEN

ZUTATEN

- 4 Scheiben Ziegen-Gouda (wichtig: nur aus erhitzter Milch!)
- 4 Scheiben Vollkornbrot oder -toast
- 3 Blätter Eisbergsalat
- 1/2 Chicorée
- 2 TL Dijonsenf
- 1 EL eingelegte Preiselbeeren

ZUBEREITUNG

1. Salat waschen und trockenschütteln.
2. Zwei Seiten des Brots mit dem Senf bestreichen und die Preiselbeeren auf dem Senf verteilen.
3. Den Salat auf die belegten Scheiben legen und jeweils zwei Scheiben Ziegen-Gouda auf den Salat geben.
4. Brote mit den zwei Brotscheiben bedecken und direkt genießen.

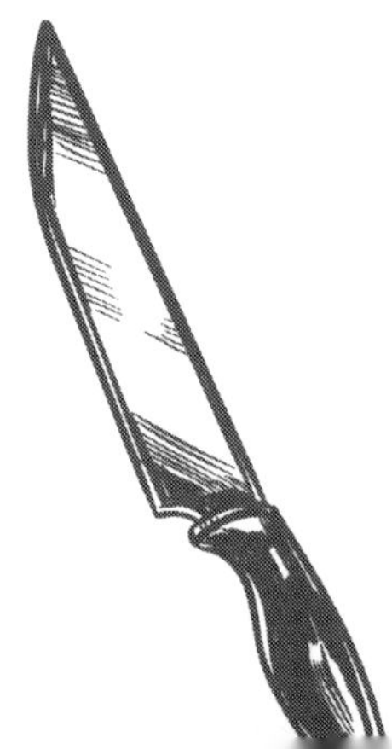

Kräuter-Kartoffel-Omelette mit Parmesan (2 Portionen)

BESTENS VERSORGT

Eine gute Portion Ei am Morgen versorgt dich mit Vitamin D, Vitamin B12, Zink und Eisen. Die Kräuter steuern Vitamin C hinzu – für einen guten Start in den Tag!

ZUBEREITUNGSZEIT | 20 MINUTEN

ZUTATEN

- 2 Kartoffeln
- 4 EL Rapsöl
- 4 Eier
- 2 EL Petersilie (gehackt)
- 2 EL Schnittlauch (gehackt)
- 40 g Parmesan
- 2 Vollkorn-Tortillas
- 2 EL Mandeln
- Salz und Pfeffer

ZUBEREITUNG

1. Die Kartoffeln waschen und schälen und in kleine Würfel schneiden.
2. 2 EL des Öls in einer Pfanne erhitzen und die Kartoffeln darin knusprig braten.
3. Die Eier aufschlagen und mit den Kräutern, dem Parmesan sowie Salz und Pfeffer vermengen.
4. Die Mandeln mit einem Messer hacken und ebenfalls unter die Ei-Masse geben.
5. Das restliche Öl in die Pfanne zu den Kartoffeln geben und die Ei-Masse hinzugeben.
6. Das Omelette auf niedriger Hitzestufe stocken lassen. Anschließend wenden und von der anderen Seite goldbraun braten.

Hirse-Hafer-Müsli mit Apfel (2 Portionen)

BESTENS VERSORGT

Hafer und Hirse sind nicht nur wahre Energielieferanten, sie versorgen dich auch mit B-Vitaminen, Eisen, Zink und Magnesium!

ZUBEREITUNGSZEIT | 10 MINUTEN

ZUTATEN

- 6 EL Hirseflocken
- 6 EL Vollkorn-Haferflocken
- 3 EL Sesamsaat
- 2 Äpfel
- 300 g (veganen) Joghurt
- 1 EL Honig
- 3 EL getrocknete Cranberrys

ZUBEREITUNG

1. Die Äpfel gründlich waschen, vierteln und entkernen. Anschließend in kleine Würfel schneiden.
2. Den Joghurt mit dem Honig verrühren und auf zwei Schüsseln aufteilen.
3. Den Salat auf die belegten Scheiben legen und jeweils zwei Scheiben Ziegen-Gouda auf den Salat geben.
4. Die Hirseflocken, die Haferflocken, die Sesamsaat und die Cranberrys miteinander vermengen und zu gleichen Teilen auf die zwei Schüsseln geben.

Kichererbsen-Pancakes (2 Portionen)

BESTENS VERSORGT

Kichererbsen sind nicht nur lecker, sie versorgen dich auch mit einer Menge Eiweiß, Eisen und unterstützt den Dopamin-Aufbau.

ZUBEREITUNGSZEIT | 10 MINUTEN

ZUTATEN

- 300 g Kichererbsen-Mehl
- 500 ml Sojamilch
- 5 EL Pflanzenöl
- 1 TL Salz
- 1 Prise Zucker

ZUBEREITUNG

1. Sojamilch mit dem Mehl aus den Kichererbsen vermengen.
2. Das Pflanzenöl, das Salz sowie den Zucker hinzugeben und alle Zutaten zu einem cremigen Teig vermengen.
3. Weiteres Öl in eine Pfanne geben und dieses erhitzen. Den Teig portionsweise und von beiden Seiten ausbacken, bis er goldbraun und fest ist.
4. Die fertigen Pancakes können mit frischem Obst, Sirup oder Marmelade bestrichen und am besten noch warm verzehrt werden.

Mango-Avocado-Bowl (2 Portionen)

BESTENS VERSORGT

Avocados schmecken nicht nur lecker und cremig, sie beinhalten auch viele Mikronährstoffe und gesunde, ungesättigte Fettsäuren!

ZUBEREITUNGSZEIT | 15 MINUTEN

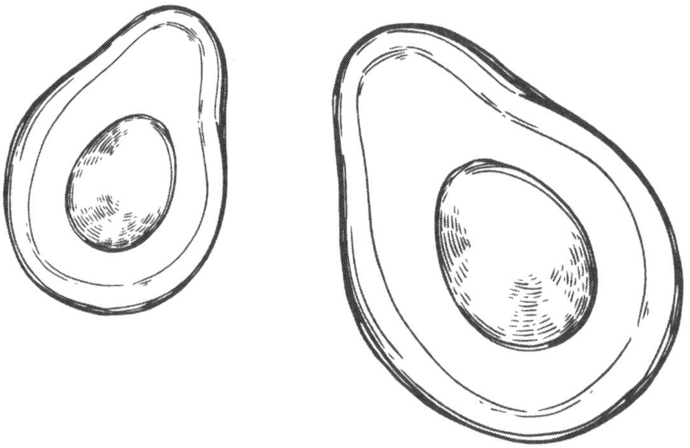

ZUTATEN

- 1 Banane
- 1/2 Mango
- 1/2 Avocado
- 2 EL Vollkorn-Haferflocken
- Nach Belieben: Nussmischung

ZUBEREITUNG

1. Die Haferflocken in einer Schüssel mit etwas Wasser zehn Minuten lang quellen lassen.
2. Währenddessen die Banane schälen und in dünne Scheiben schneiden.
3. Die Mango und die Avocado schälen und entkernen und grob zerkleinern.
4. Mango- und Avocado-Stücke in einen Standmixer geben und zu einer cremigen Konsistenz pürieren.
5. Die Hälfte der Bananenscheiben hinzugeben und kurz mitpürieren.
6. Die Creme auf zwei Schüsseln aufteilen und mit den restlichen Bananenscheiben belegen.
7. Nüsse nach Belieben auswählen und kleinhacken. Ebenfalls als Garnitur auf die Bowl geben.

Zwetschgen-Püree (2 Portionen)

BESTENS VERSORGT

Zwetschgen enthalten Calcium, Eisen, Magnesium, Zink, Kalium sowie Vitamin A, C, E und B. Sie sollen besonders gut gegen Morgenübelkeit helfen, weswegen du hier ein leckeres Püree aus ihnen findest.

ZUBEREITUNGSZEIT | 2 STUNDEN, 10 MINUTEN

ZUTATEN

- 2 kg Zwetschgen
- 1/2 TL Gewürznelken
- 1 Bio-Orange

ZUBEREITUNG

1. Den Backofen auf 140°C (Umluft) vorheizen.
2. Die Zwetschgen unter fließendem Wasser reinigen. Anschließend halbieren und entkernen.
3. Alle Zwetschgen in eine Auflaufform geben und diese 90 Minuten lang im Backofen garen, dabei alle 30 Minuten einmal umrühren.
4. Währenddessen die Orange unter heißem Wasser wachen, die Schale abreiben und den Saft auspressen.
5. Orangensaft, wie -Abrieb, zu den Zwetschgen geben und eine weitere halbe Stunde lang garen.
6. Abschließend aus dem Ofen nehmen, alle Zwetschgen mit einem Löffel zerdrücken und mit den Nelken abschmecken.

Wildreismüsli (2 Portionen)

BESTENS VERSORGT

Müsli mit Reis? Tatsächlich! Dieses Frühstück versorgt dich mit reichlich Ballaststoffen, die deine Verdauung ankurbeln und dich lange satt machen.

ZUBEREITUNGSZEIT | 1 STUNDE, 30 MINUTEN

ZUTATEN

- 25 g Wildreis
- 15 g getrocknete Aprikosen
- 25 g Perlgraupen
- 10 g kernige Haferflocken
- 10 g Bulgur
- 15 g getrocknete Cranberrys
- 1 TL Ahornsirup
- 1 Prise Salz

ZUBEREITUNG

1. Den Wildreis nach Angaben der Verpackung garkochen. Anschließend abtropfen lassen und in eine Auflaufform geben.
2. Die Aprikosen mit einem Messer kleinhacken und zum Reis in die Auflaufform geben.
3. Perlgraupen, Haferflocken, Bulgur, Cranberrys, Ahornsirup sowie die Prise Salz ebenfalls in die Auflaufform geben.
4. Alles mit 1,2 Litern Wasser bedecken, mit der Prise Salz würzen und miteinander vermengen.
5. Die Auflaufform mit Alufolie abdecken und bei 180°C (Umluft) im Backofen für 80 Minuten garen.
6. Müsli abkühlen lassen und nach Belieben mit pflanzlichem Joghurt genießen. (Das Müsli hält sich bis zu fünf Tage lang frisch, es können also auch problemlos mehrere Portionen vorbereitet werden.)

Porridge mit Sojamilch und Walnüssen (2 Portionen)

BESTENS VERSORGT

Dieses vegane Frühstück ist nicht nur schnell gemacht und kostengünstig, es hält dich auch lange satt und lässt sich leicht variieren. Die Walnüsse versorgen dich dabei mit einer extra Portion Energie, Eiweiß sowie mit wichtigen Omega-3-Fettsäuren.

ZUBEREITUNGSZEIT | 10 MINUTEN

ZUTATEN

- 100 g Vollkorn-Haferflocken
- 400 ml Sojamilch
- 1 Handvoll Beeren (tiefgekühlt oder frisch)
- 1 Handvoll Walnüsse

ZUBEREITUNG

1. Die Haferflocken mit der Sojamilch in einem Kochtopf vermengen und zum Kochen bringen.
2. Die Hitzezufuhr herunterstellen, sodass die Haferflocken quellen können. Gelegentlich umrühren.
3. Währenddessen die Beeren verlesen, sollten sie frisch sein, oder sie auftauen.
4. Die Beeren unter den Haferflocken-Brei rühren und diesen auf zwei Schüsseln aufteilen.
5. Die Walnüsse mit einem Messer feinhacken und anschließend als Garnitur auf das Porridge geben.

Hauptmahlzeiten

1. TRIMESTER

Das sogenannte erste Trimester bezeichnet die ersten drei Monate, also die vierte bis 13. Woche, einer Schwangerschaft. In dieser Zeit geschieht einiges mit dem Körper der Frau, auch, wenn der Bauch in den ersten Monaten noch nicht allzu sehr wächst. Vielmehr geschehen die Veränderungen im Inneren, denn in der frühen Phase der Schwangerschaft spielen vor allem die Hormone verrückt. Dies kann mit einigen ungeliebten Begleiterscheinungen einhergehen – Müdigkeit, Übelkeit, Stimmungsschwankungen, Sodbrennen, Heißhungerattacken und auch Verstopfungen. Deswegen ist es auch in der Ernährung wichtig, den Körper und den des heranwachsenden Kindes mit allen wichtigen Nährstoffen zu versorgen. Eben diese Nährstoffe lassen sich unter anderem in Lebensmitteln, wie Spinat, Grünkohl, Erbsen und auch Brokkoli finden. Wer übrigens den berühmten Heißhunger auf saure Gurken und Eis – oder eine ähnlich seltsame Kombination – verspürt, muss sich keine Gedanken machen. Diese Gelüste entstammen den Hormonen, die auch den Geschmacks- und Geruchssinn verändern können. So kann es vorkommen, dass die Morgenübelkeit ein unbeliebter Begleiter im ersten Trimester wird oder dass bestimmte Gerüche oder Geschmäcker für ein Aufwallen der Übelkeit sorgen. Denke trotz Übelkeit oder Appetitlosigkeit immer daran, reichlich zu trinken! Wenn es dir aufgrund dessen morgens schwerfällt, festen Speisen zu dir zu nehmen, kannst du hier übrigens hervorragend Abhilfe mit dem einen oder anderen Smoothie-Rezept aus diesem Buch schaffen!

Zarte Putenbrust mit Gemüse (2 Portionen)

BESTENS VERSORGT

Dieses eiweiß- und ballaststoffreiche Gericht kannst du warm oder kalt genießen und somit auch gut für die Mittagspause auf der Arbeit mitnehmen. Die Kräuter versorgen euch dabei mit Folsäure und die Zitrone hilft für eine gute Verdaulichkeit.

ZUBEREITUNGSZEIT | 45 MINUTEN

ZUTATEN

- 400 g Kartoffeln
- 1/2 Bio-Zitrone
- 250 g Putenbrust
- 250 g Möhren
- 1/2 kleiner Blumenkohl
- 3 EL gehackte Petersilie
- 1 EL Rapsöl
- 80 g Sahnejoghurt
- 3 EL gehackter Schnittlauch
- Salz und Pfeffer

ZUBEREITUNG

1. Kartoffeln mit der Schale in reichlich Salzwasser garen. Anschließend mit kaltem Wasser abschrecken und schälen.
2. Zitrone unter heißem Wasser waschen, die Schale abreiben und den Saft auspressen.
3. Putenfleisch unter kaltem Wasser waschen, abtrocknen und mit der Zitronenschale, dem Salz und einem Esslöffel des Zitronensafts einreiben.
4. Gemüse waschen und trocknen. Die Möhren in Scheiben schneiden und den Blumenkohl in Röschen teilen.
5. 500 ml Wasser in einem großen Kochtopf erhitzen und Fleisch sowie Möhren eine halbe Stunde lang zugedeckt garen. Nach 15 Minuten die Blumenkohlröschen hinzugeben (bei Bedarf zusätzlich 100 ml Wasser hinzugeben).
6. Fleisch und Gemüse aus dem Wasser nehmen und die Brühe mit Zitronensaft, Öl, Salz und Pfeffer sowie der gehackten Petersilie vermengen.

7. Kartoffeln kleinschneiden und mit Blumenkohl und Möhren in die Brühe geben.

8. Putenbrust dünn aufschneiden.

9. Joghurt mit restlicher Zitronenschale, dem Zitronensaft, Salz und Pfeffer sowie dem Schnittlauch abschmecken.

10. Gemüse mit dem Fleisch servieren und mit dem Joghurt garnieren.

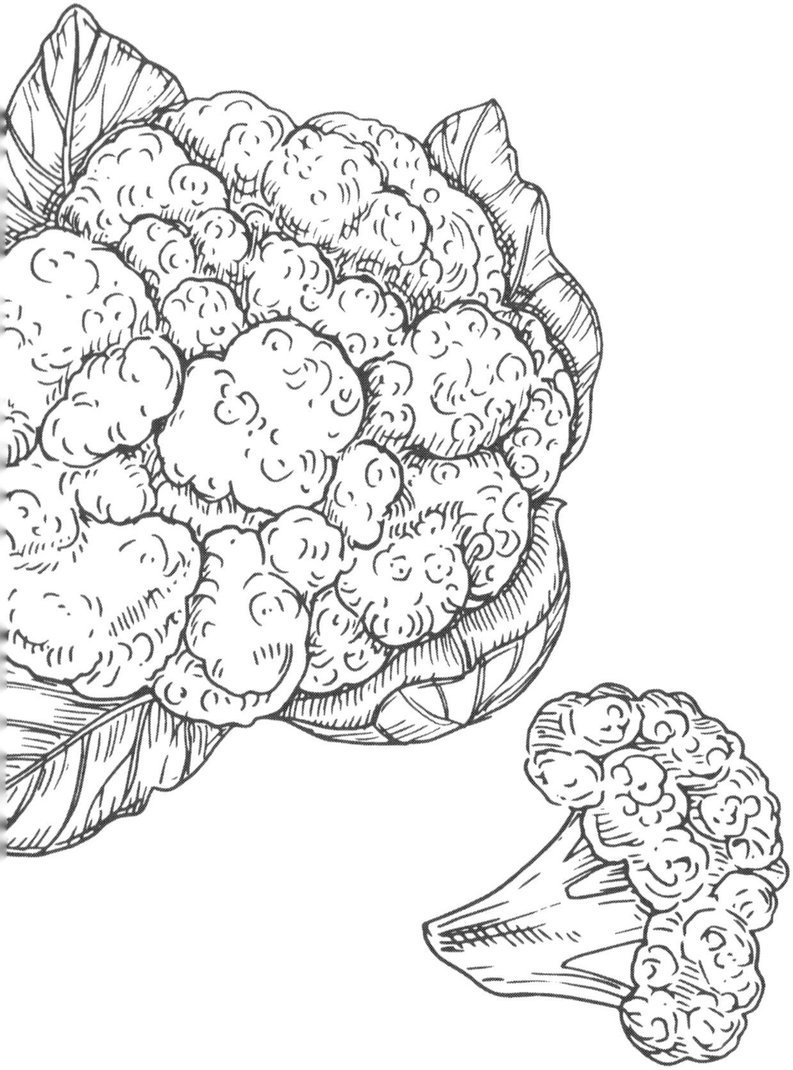

Quinoa-Bowl mit Lachs (2 Portionen)

BESTENS VERSORGT

Der Lachs in diesem Rezept gilt als gesund und versorgt dich mit wertvollen Omega-3-Fettsäuren. Achte aber darauf, den Fisch auf jeden Fall ganz durchzubraten.

ZUBEREITUNGSZEIT | 30 MINUTEN

ZUTATEN

- 100 g Quinoa
- 200 g frischer Lachs
- 300 g Rucola
- 1 Avocado
- 4 Tomaten
- 1/2 Gurke
- 4 EL Sahnejoghurt
- 1 EL Leinöl
- 2 EL Senf
- 1 EL Kokosöl
- Salz und Pfeffer

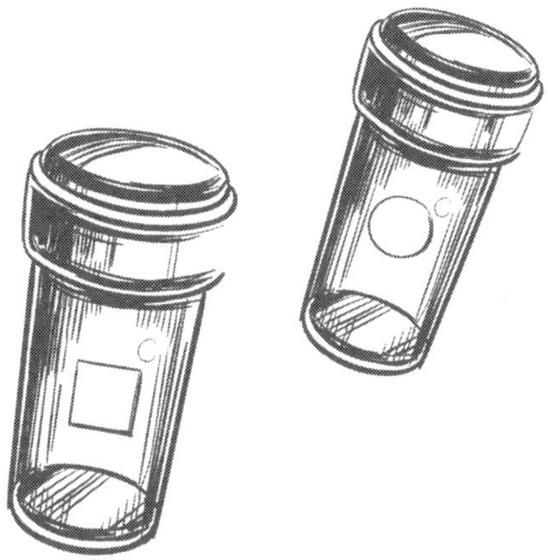

ZUBEREITUNG

1. Quinoa nach Angaben der Packung garen.
2. Währenddessen den Lachs unter fließendem Wasser reinigen und trockentupfen.
3. Das Kokosöl in einer Pfanne erhitzen und den Lachs darin von allen Seiten gründlich anbraten.
4. Den Joghurt mit dem Senf sowie Salz und Pfeffer vermengen.
5. Den Rucola waschen, trockenschütteln und verlesen. Die Tomaten waschen, den Strunk entfernen und in Würfel schneiden. Die Gurke ebenfalls waschen und in Würfel schneiden. Die Avocado aus der Schale nehmen, entkernen und ebenfalls in Würfel schneiden.
6. Quinoa auf zwei Schüsseln aufteilen und mit dem Rucola, den Tomaten, der Gurke und der Avocado garnieren. Den Lachs ebenfalls in die Schüsseln geben und mit dem Joghurtdressing garnieren.

Curry mit Huhn und Zuckerschoten (2 Portionen)

BESTENS VERSORGT

Achte darauf, das Hühnerbrustfilet aus diesem Rezept vollkommen durchzubraten, damit Du keine gefährlichen Keime zu dir nimmst.

ZUBEREITUNGSZEIT | 50 MINUTEN

ZUTATEN

- 2 Hühnerbrustfilets
- 100 g Zuckerschoten
- 1 EL Pflanzenöl
- 2 Möhren
- 1/2 Kohlrabi
- 100 g Blumenkohl
- 1 EL Currypulver
- 50 ml Hühnerbrühe
- 1 EL Sesamsamen
- Salz und Pfeffer

ZUBEREITUNG

1. Das Fleisch gründlich waschen und trockentupfen. Anschließend in Würfel schneiden.
2. Die Zuckerschoten ebenfalls waschen und putzen. Anschließend zwei Minuten lang in kochendem Wasser blanchieren.
3. Die Möhren waschen und schälen und in dünne Streifen schneiden. Den Kohlrabi ebenfalls schälen und in Würfel schneiden. Den Blumenkohl in Röschen teilen und diese waschen.
4. Das Öl in einer Pfanne erhitzen und das Hühnerfleisch darin gründlich durchbraten.
5. Möhren, Kohlrabi und Blumenkohl hinzugeben und schmoren.
6. Mit Salz, Pfeffer und Curry würzen und mit der Brühe ablöschen. Fünf Minuten lang köcheln lassen.
7. Den Sesam in einer Pfanne ohne die Zugabe von Öl anrösten und anschließend gemeinsam mit den Zuckerschoten unter das Curry heben.

Rindfleisch-Auflauf mit Kidneybohnen (2 Portionen)

BESTENS VERSORGT

Dieses Rezept versorgt dich mit einer größeren Menge Eiweiß und Eisen.

ZUBEREITUNGSZEIT | 1 STUNDE, 50 MINUTEN

ZUTATEN

- 80 g magerer Speck
- 1 Zwiebel
- 250 g mageres Rindfleisch (Suppenfleisch)
- 1 Glas Kidneybohnen
- 1 Paprikaschote
- 50 g getrocknete Tomaten (in Öl)
- 1 EL Mehl
- 400 ml Gemüsebrühe
- 2 Lorbeerblätter
- Salz und Pfeffer

ZUBEREITUNG

1. Den Backofen auf 160°C (Ober- und Unterhitze) vorheizen.
2. Den Speck in Würfel schneiden. Die Zwiebel schälen und ebenfalls in Würfel schneiden.
3. Den Speck zusammen mit den Zwiebel-Würfeln ohne die Zugabe von Öl anbraten (das wenige Fett im Speck reicht als Öl-Ersatz).
4. Die Kidneybohnen währenddessen abgießen und in einem Sieb reinigen. Die Paprika waschen, entkernen und in Würfel schneiden. Die Tomaten ebenfalls waschen, den Strunk entfernen und in kleine Würfel schneiden.
5. Die Bohnen, Paprika, Tomaten, den Speck und die Zwiebel sowie das Rindfleisch in eine Auflaufform geben und mit der Gemüsebrühe übergießen.
6. Mit Salz und Pfeffer mischen, die Lorbeerblätter hinzugeben und miteinander verrühren. Anschließend 90 Minuten lang im Backofen garen.
7. Die Lorbeerblätter vor dem Servieren entfernen.

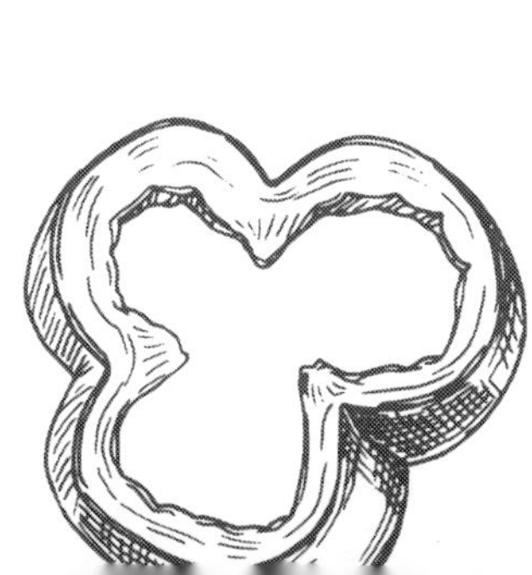

Endivien-Pasta mit Garnelen (2 Portionen)

BESTENS VERSORGT

Garnelen gelten als kalorienarm und liefern dir gute Proteine sowie Jod.

ZUBEREITUNGSZEIT | 25 MINUTEN

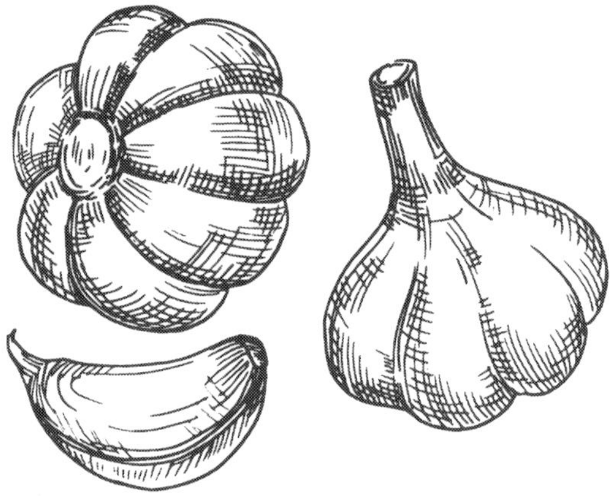

ZUTATEN

- 200 g Vollkorn-Spaghetti
- 150 g Garnelen
- 1 Zwiebel
- 2 EL Olivenöl
- 1 Knoblauchzehe
- 1 Bio-Zitrone
- 100 ml Gemüsebrühe
- 2 Zweige Thymian
- 200 g Endiviensalat
- Salz und Pfeffer

ZUBEREITUNG

1. Die Garnelen waschen und trockentupfen.
2. Die Spaghetti nach Angaben der Verpackung in reichlich Salzwasser garkochen.
3. Die Zwiebel sowie den Knoblauch schälen und feinhacken.
4. Einen Esslöffel des Öls in einer Pfanne erhitzen und Zwiebel und Knoblauch darin dünsten.
5. Die Garnelen hinzufügen und mit Salz und Pfeffer würzen. Braten, bis die Garnelen gar sind.
6. Die Zitrone auspressen und mit dem Saft sowie der Gemüsebrühe den Inhalt der Pfanne ablöschen.
7. Den Thymian waschen und trockenschütteln und die Blätter abzupfen. In die Pfanne geben.
   Die Nudeln abgießen. Den Endiviensalat waschen und abtropfen lassen. ten unter das Curry heben.
8. Den Thymian, den Endiviensalat und die Nudeln unter die Garnelen-Soße heben und mit Salz, Pfeffer sowie etwas Zitronensaft abschmecken.
9. Das Hähnchen mit dem gebratenen Fenchel anrichten und nach Belieben mit Zitronensaft beträufeln.

Paprika-Pilz-Pfanne mit Putenbrust (2 Portionen)

BESTENS VERSORGT

Champignons gelten als eine gute Quelle an Vitalstoffen, wie wichtigen Proteinen, Mineralien und Vitaminen während der Schwangerschaft. Dabei schmecken sie herrlich leicht und lassen sich einfach und schnell zubereiten.

ZUBEREITUNGSZEIT | 30 MINUTEN

ZUTATEN

- 300 g Putenbrustfilet
- 400 g Champignons
- 2 Paprikaschoten
- 1 Zwiebel
- 2 Knoblauchzehen
- 2 EL Rapsöl
- Salz und Pfeffer

ZUBEREITUNG

1. Das Fleisch unter fließendem Wasser waschen und trockentupfen. Anschließend in Würfel schneiden.
2. Die Champignons putzen und in dünne Scheiben schneiden. Die Paprika waschen, das Kerngehäuse entfernen. Ebenfalls in Würfel schneiden. Die Zwiebel und den Knoblauch schälen und feinhacken.
3. Einen Esslöffel des Öls in einer Pfanne erhitzen und die Zwiebel darin andünsten. Die Hitze regulieren und den Knoblauch hinzugeben und zwei Minuten mit anschwitzen.
4. Die Paprika hinzugeben, die Pfanne zudecken und alle Zutaten für zehn Minuten auf niedrigster Hitzestufe garen.
5. Nun die Pilze hinzugeben und mit Salz und Pfeffer würzen. Erneut einige Minuten garen lassen.
6. Den zweiten Esslöffel Öl in einer separaten Pfanne erhitzen und das Putenbrustfilet darin gründlich anbraten und mit Salz und Pfeffer würzen. Anschließend das Fleisch gemeinsam mit dem Gemüse servieren und genießen.

Honig-Hähnchen mit gebratenem Fenchel (2 Portionen)

BESTENS VERSORGT

Fenchel weist einen hohen Eisengehalt auf und gilt als einer der Eisen-Spitzenreiter im Gemüseregal!

ZUBEREITUNGSZEIT | 40 MINUTEN

ZUTATEN

- 2 Hühnerbrustfilets
- 500 g Fenchel
- 1/2 Bio-Zitrone
- 4 Stiele Thymian
- 3 EL Öl
- 1 TL flüssiger Honig
- 50 ml Wasser
- Salz und Pfeffer

ZUBEREITUNG

1. Den Thymian waschen, trockenschütteln und die Blätter abzupfen und feinhacken.
2. Thymian mit einem Esslöffel des Öls sowie dem Honig vermengen und mit Salz und Pfeffer würzen.
3. Die Hühnerbrustfilets waschen und trockentupfen. Mit der Thymian-Honig-Marinade bedecken und kühlstellen.
4. Den Fenchel putzen und den Strunk herausschneiden. Anschließend den Fenchel in Scheiben von einem Zentimeter Dicke schneiden.
5. Die Zitrone heiß abwaschen und etwas von der Schale abreiben. Den Saft auspressen.
6. Den Backofen auf 180°C (Ober- und Unterhitze) vorheizen.
7. Einen weiteren Esslöffel Öl in einer Pfanne erhitzen und das Hähnchen darin von beiden Seiten für jeweils fünf Minuten anbraten. Das Fleisch anschließend in eine Auflaufform geben und für 15 Minuten im Ofen garen.
8. Das restliche Öl in einer Pfanne erhitzen und die Fenchelspalten sowie den Zitronenabrieb darin vier Minuten lang dünsten. Mit Salz und Pfeffer abschmecken und mit dem Wasser ablöschen. Fünf Minuten lang auf mittlerer Hitzestufe köcheln lassen und mit Zitronensaft würzen.

Knusprige Gnocchi mit Grünkohl (2 Portionen)

BESTENS VERSORGT

Grünkohl ist mitunter das wertvollste Wintergemüse, denn es versorgt dich mit Vitamin C und E sowie mit einer großen Menge Betacarotin, Eisen und Calcium. Bei den Gnocchi handelt es sich zwar um ein abgepacktes Produkt, da du dieses jedoch gründlich vor dem Verzehr durchbrätst, musst du dir keine Sorgen um Keime machen.

ZUBEREITUNGSZEIT | 10 MINUTEN

ZUTATEN

- 200 g Grünkohl
- 1 EL Pinienkerne
- 400 g Gnocchi
- 1 Zwiebel
- 3 EL Rapsöl
- 30 g Butter
- 1 EL Sultaninen
- Salz und Pfeffer

ZUBEREITUNG

1. Den Grünkohl gründlich putzen, waschen und trocknen. Anschließend mit einem Messer in dünne Streifen schneiden.
2. Die Pinien in einer Pfanne, ohne die Zugabe von Öl, goldbraun rösten und anschließend beiseitestellen.
3. Die Gnocchi nach Angaben der Packung garen, anschließend das Wasser abgießen.
4. Die Zwiebel schälen und in dünne Spalten schneiden.
5. Das Öl zusammen mit der Butter in einer großen Pfanne erhitzen und die Zwiebel darin glasig dünsten.
6. Anschließend den Grünkohl hinzugeben und diesen auf mittlerer Hitzestufe fünf Minuten lang dünsten.
7. Nun die Gnocchi sowie die Sultaninen hinzugeben und alle Zutaten weitere fünf Minuten lang anbraten. Gelegentlich umrühren.
8. Mit Salz und Pfeffer würzen und mit den Pinienkernen garnieren.

Blumenkohl mit Kartoffel-Crunch (2 Portionen)

BESTENS VERSORGT

Blumenkohl ist nicht nur kalorienarm, er ist außerdem reich an Vitaminen, an Mineralstoffen und an Folsäure!

ZUBEREITUNGSZEIT | 1 STUNDE, 10 MINUTEN

ZUTATEN

- 500 g Blumenkohl
- 1 Zwiebel
- 1 Knoblauchzehe
- 2 EL Sonnenblumenöl
- 100 ml Gemüsebrühe
- 300 g Kartoffeln
- 100 ml Schlagsahne
- 1 TL Majoran
- 30 g Mandelkerne (gehobelt)
- Salz und Pfeffer

ZUBEREITUNG

1. Den Blumenkohl putzen, die Blätter abtrennen und den Strunk herausschneiden. Den Blumenkohl anschließend in Röschen teilen und diese gründlich waschen und trocknen.
2. Den Knoblauch und die Zwiebel schälen und in feine Würfel schneiden.
3. Das Öl in einer Pfanne erhitzen und die Zwiebel darin glasig dünsten. Blumenkohl, Knoblauch sowie Majoran hinzugeben und einige Minuten anschwitzen.
4. Den Inhalt der Pfanne mit der Gemüsebrühe ablöschen und zugedeckt auf niedriger Hitzestufe vier Minuten lang köcheln lassen.
5. Die Sahne unterrühren und mit Salz und Pfeffer würzen. Den Inhalt der Pfanne in eine ofenfeste Auflaufform geben.
6. Den Backofen auf 200°C (Ober- und Unterhitze) vorheizen.
7. Die Kartoffeln waschen, schälen und mithilfe einer Küchenreibe zu Raspeln verarbeiten. Die Raspeln in ein Küchentuch geben und gründlich ausdrücken.
8. Kartoffelraspel über den Inhalt in der Auflaufform verteilen und diese in den Ofen geben. 40 Minuten lang backen.
9. Fünf Minuten vor Ende der Garzeit die gehobelten Mandeln über die Kartoffelkruste streuen.

Möhren-Rosenkohl-Auflauf (2 Portionen)

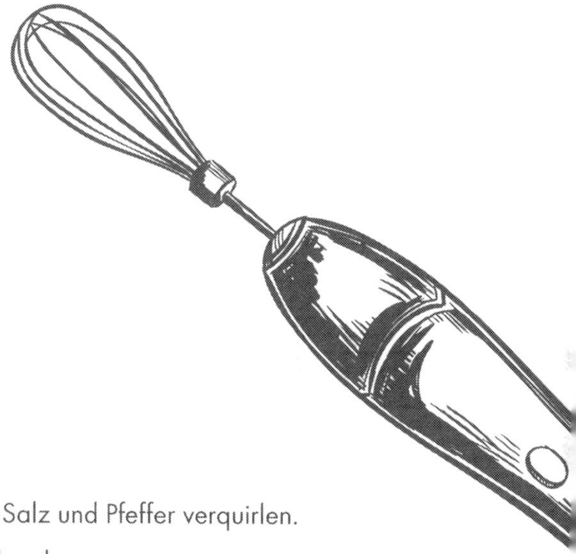

BESTENS VERSORGT

Rosenkohl ist ein toller Lieferant für Folsäure, Vitamin C sowie Eisen!

ZUBEREITUNGSZEIT | 1 STUNDE, 5 MINUTEN

ZUTATEN

- 100 g Dinkelmehl
- 200 g Rosenkohl
- 200 g Möhren
- 100 ml fettarme Milch
- 2 TL Butter
- 2 Eier
- 1 TL getrockneter Oregano
- 2 TL gehackte Petersilie
- Salz und Pfeffer

ZUBEREITUNG

1. Das Ei trennen und das Eigelb mit der Milch, dem Mehl sowie Oregano, Salz und Pfeffer verquirlen.
2. Die Butter zerlassen und zu dem Teig geben. Diesen 20 Minuten lang ruhen lassen.
3. Den Rosenkohl putzen und den Strunk kreuzweise einritzen. Die Möhren gründlich waschen und schälen und in Stifte schneiden.
4. Reichlich Salzwasser in einem Kochtopf zum Kochen bringen und den Rosenkohl darin zehn Minuten lang garen. Anschließend die Möhren hinzugeben und weitere vier Minuten mitkochen.
5. Möhren und Rosenkohl abgießen und die Hälfte davon in eine Auflaufform geben.
6. Den Ofen auf 200°C vorheizen.
7. Das Eiweiß mit einer Prise Salz aufschlagen und unter den Teig heben.
8. Den Teig auf das Gemüse in der Auflaufform geben und mit dem restlichen Gemüse bedecken. 25-30 Minuten im Ofen backen.
9. Mit der gehackten Petersilie garnieren.

Vollkorn-Pan-Pizza (2 Portionen)

BESTENS VERSORGT

Pizza aus der Pfanne ist eine schnelle und knusprige Angelegenheit. Der Vollkornteig hält dich dabei lange satt.

ZUBEREITUNGSZEIT | 55 MINUTEN

ZUTATEN

- 60 g Dinkel-Vollkornmehl
- 65 g Dinkelmehl
- 2 TL Trockenhefe
- 80 ml Wasser
- 3 EL Olivenöl
- 1 Aubergine
- 1 grüne Paprikaschote
- 1 Zwiebel
- 1 Knoblauchzehe
- 1 Dose stückige Tomaten
- 1 Mozzarella
- Einige Blätter Basilikum
- Salz und Pfeffer

ZUBEREITUNG

1. Mehl und Hefe miteinander vermengen und mit dem Wasser zu einem Teig verkneten. Diesen eine halbe Stunde lang gehen lassen.
2. Währenddessen die Aubergine und die Paprika waschen. Die Aubergine in dünne Scheiben schneiden. Die Paprika entkernen und in schmale Spalten schneiden. In einer Pfanne scharf anbraten und anschließend beiseitestellen.
3. Zwiebel und Knoblauchzehe schälen und feinhacken. Den Mozzarella abgießen und in dünne Scheiben schneiden.
4. Einen Esslöffel des Öls in einer Pfanne erhitzen und Zwiebel und Knoblauch darin anbraten. Mit den stückigen Tomaten ablöschen und kurz einköcheln lassen.
5. Währenddessen den Teig zu zwei Portionen teilen und rund ausrollen. Einen Esslöffel des Öls in einer Pfanne erhitzen und den Teig darin auf mittlerer Hitzestufe ausbacken, bis er fluffig wird.
6. Den Teig mit der Tomatensoße belegen und mit dem Gemüse sowie mit dem Mozzarella garnieren. Kurz erhitzen, sodass der Mozzarella verläuft und die Pizza aus der Pfanne nehmen. Mit der zweiten Portion Teig genauso verfahren.
7. Nach Belieben mit Salz und Pfeffer würzen und mit Basilikum garnieren.

Vollkorn-Reis-Pfanne mit Gemüse (2 Portionen)

BESTENS VERSORGT

Reis hat eine entwässernde Wirkung. Vollkornreis versorgt dich darüber hinaus mit einer extra Portion Vitaminen, Mineralstoffen und ungesättigten Fettsäuren.

ZUBEREITUNGSZEIT | 25 MINUTEN

ZUTATEN

- 150 g Vollkornreis
- 400 ml Gemüsebrühe
- 2 Frühlingszwiebeln
- 1 rote Paprika
- 2 Möhren
- 1 Stange Staudensellerie
- 1/2 Bund Petersilie
- 1 Knoblauchzehe
- 50 g saure Sahne
- 1 EL Sonnenblumenöl
- Salz und Pfeffer

ZUBEREITUNG

1. Den Reis in einem Sieb gründlich waschen. Die Gemüsebrühe sowie den Reis in einem Kochtopf zum Kochen bringen und zehn Minuten kochen, bis der Reis gar ist.
2. Währenddessen die Frühlingszwiebeln, die Paprika, die Staudensellerie, die Möhren sowie die Petersilie gründlich waschen.
3. Die Frühlingszwiebeln in dünne Ringe schneiden, die Paprika entkernen und in dünne Spalten schneiden. Die Möhren schälen und in Würfel schneiden. Die Staudensellerie ebenfalls in dünne Scheiben schneiden.
4. Die Petersilie trockenschütteln und mit einem Messer feinhacken.
5. Die Knoblauchzehe schälen und feinhacken.
6. Das Öl in einer großen Pfanne erhitzen und die Frühlingszwiebel, die Paprika, die Staudensellerie und die Möhren darin einige Minuten lang andünsten.
7. Nun den Knoblauch hinzugeben und eine weitere Minute anschwitzen.

8. Den Reis, sobald dieser gar ist, mitsamt restlicher Gemüsebrühe, in die Pfanne zum Gemüse geben und mit den restlichen Zutaten vermengen.

9. Die Petersilie unter die Pfanne heben und diese weitere drei Minuten braten lassen. Mit Salz und Pfeffer würzen.

10. Die Reispfanne mit etwas saurer Sahne servieren.

Tortilla mit Kidneybohnen (2 Portionen)

BESTENS VERSORGT

Kidneybohnen sind gute Eiweißlieferanten und die Eier in diesem Rezept machen dich schnell satt.

ZUBEREITUNGSZEIT | 1 STUNDE,

ZUTATEN

- 200 g grüne Bohnen
- 1 Glas Kidneybohnen
- 2 Stangen Porree
- 1 Knoblauchzehe
- 3 EL Öl
- 3 EL Öl
- 4 Eier
- 50 ml fettarme Milch
- 25 g Käse (deiner Wahl)
- 1 TL Koriandersaat
- 1 TL Bohnenkraut
- Salz und Pfeffer

ZUBEREITUNG

1. Die grünen Bohnen gründlich waschen und acht Minuten lang in reichlich Salzwasser kochen. Die Kidneybohnen abgießen und in einem Sieb abspülen.
2. Die grünen Bohnen ebenfalls abgießen und längst halbieren und anschließend kleinschneiden.
3. Den Porree waschen und putzen und in dünne Scheiben schneiden. Den Knoblauch schälen und feinhacken.
4. Das Öl in einer (ofenfesten) Pfanne erhitzen und den Porree einige Minuten darin anbraten. Anschließend den Knoblauch unterrühren.
5. Die Bohnen in die Pfanne zu dem Lauch geben und ebenfalls anbraten.
6. Koriandersaat, eine Prise Salz und Bohnenkraut in einem Mörser zerstoßen und damit den Inhalt der Pfanne würzen.
7. Den Käse reiben und mit den Eiern sowie der Milch verquirlen. Das Ei-Gemisch anschließend über den Inhalt der Pfanne geben und diese im Ofen bei 180°C für 20-25 Minuten stocken lassen.

Zwiebel-Kuchen mit Kürbis (Für ein Backblech)

BESTENS VERSORGT

Die vielen Zwiebeln in diesem Rezept versorgen dich mit Vitaminen, Mineralstoffen sowie mit Antioxidantien und sekundären Pflanzenstoffen.

ZUBEREITUNGSZEIT | 1 STUNDE, 15 MINUTEN

ZUTATEN

- 10 Zwiebeln
- 16 EL Pflanzenöl
- 15 Blätter Salbei
- 500 g Butternut-Kürbis
- 150 g Ziegenfrischkäse
- 250 g Schmand
- 250 g Magerquark
- 2 Eier
- 400 g Mehl
- 2 TL Backpulver
- Salz und Pfeffer

ZUBEREITUNG

1. Die Zwiebel schälen und in Streifen schneiden.
2. Drei Esslöffel des Öls in einer Pfanne erhitzen und die Zwiebeln darin zehn Minuten auf mittlerer Hitzestufe andünsten.
3. Den Salbei waschen, trockenschütteln und in Streifen schneiden. Zu den Zwiebeln in die Pfanne geben und unterheben.
4. Den Kürbis halbieren, die Kerne und die Schale entfernen und in dünne Scheiben schneiden.
5. Den Ziegenfrischkäse mit dem Schmand vermengen.
6. Die Eier, den Quark sowie zehn Esslöffel des Öls verrühren. Mehl, Backpulver sowie zwei Esslöffel Salz hinzugeben und alle Zutaten zu einem glatten Teig verkneten.
7. Das Backblech mit dem restlichen Öl fetten und den Teig fest auf das Blech drücken.
8. Teig mit der Schmand-Mischung bestreichen und den Kürbis sowie die Zwiebeln darauf verteilen.
9. Den Zwiebel-Kürbis-Kuchen bei 200°C für eine halbe Stunde backen.

Spaghetti mit Rote-Linsen-Bolognese (2 Portionen)

BESTENS VERSORGT

Linsen sind reich an Eiweiß, Ballaststoffen, Eisen und Folsäure und gelten deswegen, insbesondere in einer veganen Ernährung, als wichtige Proteinlieferanten. Sie haben sogar eine medizinische Wirkung und beugen der Entstehung von Missbildungen bei deinem Kind vor!

ZUBEREITUNGSZEIT | 40 MINUTEN

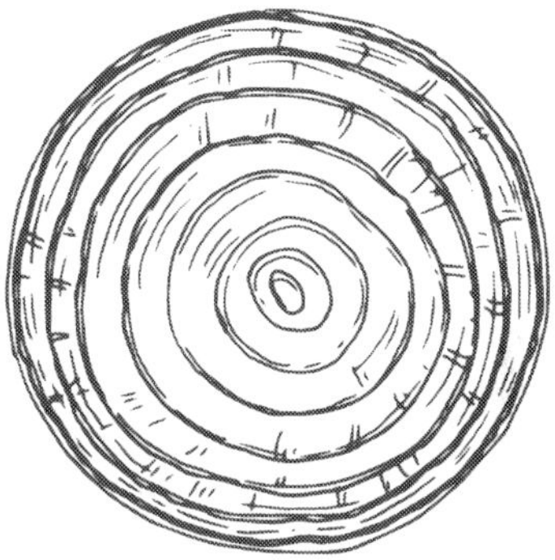

ZUTATEN

- 1 Zwiebel
- 2 EL Olivenöl
- 250 g Rote Linsen
- 500 ml passierte Tomaten
- 300 ml Gemüsebrühe
- 250 g Vollkorn-Spaghetti
- 100 g grüne Bratpaprika
- Salz und Pfeffer

ZUBEREITUNG

1. Die Zwiebel schälen und in kleine Würfel schneiden.
2. Das Öl in einem Kochtopf erhitzen und die Zwiebel darin glasig dünsten. Die roten Linsen hinzugeben und unter Wenden mit andünsten.
3. Mit der Gemüsebrühe ablöschen und die passierten Tomaten unterheben. Die Linsen-Bolognese 30 Minuten lang zugedeckt auf niedriger Hitzestufe köcheln lassen.
4. Währenddessen reichlich Salzwasser in einem zweiten Kochtopf erhitzen und die Spaghetti darin nach Angabe der Verpackung kochen.
5. In einer weiteren Pfanne die Bratpaprika ohne die Zugabe von Fett scharf anbraten.
6. Die Linsen-Bolognese mit Salz und Pfeffer abschmecken. Die Spaghetti auf zwei Tellern anrichten und mit der Linsen-Soße sowie den Bratpaprika garnieren.

Veganer One-Pot (2 Portionen)

BESTENS VERSORGT

Dieser schnelle und einfache Gemüse-Topf liefert dir neben essenziellen Fetten und Folsäure auch Vitamin K und wichtige B-Vitamine.

ZUBEREITUNGSZEIT | 20 MINUTEN

ZUTATEN

- 300 g Pak Choi
- 40 g getrocknete Aprikosen
- 60 g Walnusskerne
- 120 g Bulgur
- 2 TL Walnussöl
- 500 g Miso-Brühe

ZUBEREITUNG

1. Den Pak Choi gründlich waschen und anschließend in dünne Streifen schneiden.
2. Getrocknete Aprikosen würfeln und Walnusskerne grob zerhacken.
3. Eine Pfanne ohne die Zugabe von Öl erhitzen und die gehackten Walnüsse darin auf mittlerer Hitzestufe goldbraun rösten.
4. Walnussöl hinzugeben und den Pak Choi und die getrockneten Aprikosen kurz anbraten.
5. Mit Miso-Brühe auffüllen und Bulgur hinzugeben.
6. Auf niedriger Hitzestufe ungefähr 15 Minuten lang quellen lassen und gelegentlich umrühren.

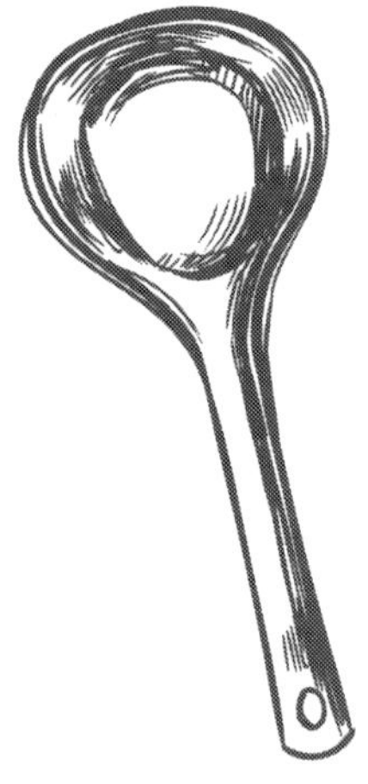

Topinambur-Möhren-Tarte mit Pastinaken (2 Portionen)

BESTENS VERSORGT

Topinambur zeichnet sich durch einen hohen Gehalt an Inulin aus. Hierbei handelt es sich um einen langkettigen Zucker, der den Blutzucker sehr langsam ansteigen lässt, weswegen sich dieses Rezept auch hervorragend für Frauen mit Gestationsdiabetes eignet.

ZUBEREITUNGSZEIT | 2 STUNDEN

ZUTATEN

- 500 g Topinambur
- 250 g Pastinaken
- 250 g Möhren
- 2 EL Olivenöl
- 100 ml Mineralwasser
- 6 Blätter Filoteig
- 30 g Orangenmarmelade
- Salz und Pfeffer

ZUBEREITUNG

1. Topinambur waschen, putzen und mit Salz bestreuen. Anschließend in den Backofen geben und bei 180°C circa 80 Minuten lang garen.
2. Währenddessen die Möhren und die Pastinaken waschen, schälen und in Würfel schneiden.
3. Einen Esslöffel des Öls in einem Kochtopf erhitzen und Möhre und Pastinake darin scharf anbraten. Mit dem Mineralwasser ablöschen und auf mittlerer Hitzestufe 15 Minuten lang köcheln lassen. Mit Salz und Pfeffer würzen.
4. Anschließend den Fond abgießen und beiseitestellen.
5. Drei der Filoteig-Blätter mit dem restlichen Öl bestreichen und in einer eckigen Auflaufform (mit herausnehmbarem Boden) legen. Die restlichen Teigblätter ebenfalls bepinseln und an den Rand der Form legen. Überstehende Enden abschneiden.

6. Topinambur aus dem Ofen nehmen und kurz abkühlen lassen. Anschließend die Schale entfernen, in kleine Würfel schneiden und pürieren. Mit Salz und Pfeffer würzen.
7. Das Topinambur-Püree auf die Teigblätter in der Auflaufform geben und mit Pastinake und Möhre belegen. Mit dem Gemüsefond übergießen und zehn Minuten lang bei 220°C im Ofen backen.
8. Die Marmelade mit einem Esslöffel Wasser in einem kleinen Kochtopf erwärmen und anschließend über die Tarte träufeln.

Gefüllte Paprika mit Kichererbsen (2 Portionen)

BESTENS VERSORGT

Kichererbsen sind nicht nur lecker, sie versorgen dich auch während der Schwangerschaft mit viel Eisen und unterstützt den Dopamin-Aufbau, welcher mitunter für die Milchproduktion verantwortlich ist.

ZUBEREITUNGSZEIT | 2 STUNDEN, 30 MINUTEN

ZUTATEN

- 150 g Spinat
- 2 Paprikaschoten
- 1 Dose Kichererbsen
- 1 TL Paprikapulver
- 2 EL Pinienkerne
- 1/2 Bund Minze
- 100 g Cashew-Mus
- Salz und Pfeffer

ZUBEREITUNG

1. Den Spinat gegebenenfalls auftauen lassen und das Wasser gründlich ausdrücken.
2. Die Paprika waschen und den Deckel samt dem Kerngehäuse entfernen. Die Kichererbsen über einem Sieb abgießen.
3. Den Backofen auf 200°C vorheizen.
4. Blattspinat und Kichererbsen in einen Standmixer geben und gründlich pürieren. Mit Paprikapulver, Salz und Pfeffer würzen.
5. Das Gehäuse der Paprika von innen mit etwas Öl einpinseln. Anschließend das Püree auf die Paprikaschoten aufteilen und in diese einfüllen.
6. Die gefüllten Paprika 20 Minuten lang im Ofen garen.
7. Währenddessen die Pinienkerne in einer Pfanne ohne Öl goldbraun rösten.
8. Die Minze waschen, trockenschütteln und feinhacken.
9. Das Cashew-Mus mit 100 ml Wasser und der Minze in einer Pfanne vermengen und leicht erwärmen. Die Pinienkerne unterheben und mit Salz und Pfeffer würzen.
10. Die Paprika mit der Cashew-Pinienkern-Sauce servieren.

Kokos-Curry mit Blumenkohl (2 Portionen)

BESTENS VERSORGT

Wusstest Du, dass das Fruchtwasser die Aromen von zum Beispiel Curry aufnehmen kann? Das nur nebenbei als kleiner Fun-Fact. Tatsächlich darfst Du in der Schwangerschaft gerne Curry essen, achte jedoch darauf, dass es dir nicht zu scharf wird, denn scharfe Lebensmittel können wehenfördernd wirken. Gerade im ersten Trimester musst du dir jedoch keine Sorgen machen.

ZUBEREITUNGSZEIT | 30 MINUTEN

ZUTATEN

- 200 g Kartoffeln
- 1/2 Blumenkohl
- 1 Aubergine
- 1 rote Zwiebel
- 50 g Cashewkerne
- 2 EL Sonnenblumenöl
- 1 TL Currypulver
- 150 ml Kokosmilch
- 50 ml fettarmer (veganer) Joghurt
- 1 EL Limettensaft
- 2 Stängel Koriander
- Salz und Pfeffer

ZUBEREITUNG

1. Die Kartoffeln waschen und in reichlich Salzwasser garen, bis sie bissfest sind. Anschließend die Schale entfernen und in Würfel schneiden.
2. Den Blumenkohl putzen und in Röschen teilen.
3. Die Aubergine ebenfalls waschen und in Würfel schneiden. Mit einer Prise Salz bestreuen und zehn Minuten lang ziehen lassen. Anschließend mit einem Küchentuch das überschüssige Wasser abtupfen.
4. Die Zwiebel schälen und in Würfel schneiden.
5. Einen Esslöffel des Öls in einer Pfanne erhitzen und die Zwiebel darin andünsten. Den Blumenkohl hinzugeben und scharf anbraten. Das Currypulver unterheben und anschließend mit der Kokosmilch ablöschen. Zehn Minuten lang köcheln lassen.

6. Die Cashewkerne in einer Pfanne ohne Öl anbraten, bis sie goldbraun sind. Anschließend herausnehmen und beiseitestellen.
7. Den zweiten Esslöffel des Öls in der Pfanne erhitzen und die Aubergine darin scharf anbraten.
8. Aubergine und Kartoffeln ins Curry geben und dieses erneut aufkochen lassen. Mit Limettensaft, Salz und Pfeffer abschmecken.
9. Mit dem Koriander und den Cashewkernen garnieren und den Joghurt als Beilage servieren.

Risotto mit Birne (2 Portionen)

BESTENS VERSORGT

Birne ist ein gutes Obst in der Schwangerschaft, denn es versorgt dich mit Ballaststoffen, Mineralstoffen, Vitaminen, Folsäure und Antioxidantien.

ZUBEREITUNGSZEIT | 40 MINUTEN

ZUTATEN

- 1 Knoblauchzehe
- 2 Zwiebeln
- 2 EL Olivenöl
- 600 ml Gemüsebrühe
- 150 g Risotto-Reis
- 150 g Bohnen
- 20 g Walnusskerne
- 1/2 Bund Basilikum
- Salz und Pfeffer

ZUBEREITUNG

1. Knoblauch und Zwiebeln schälen und feinhacken. Die Bohnen waschen und die Enden abschneiden.
2. Einen Esslöffel des Öls in einem Kochtopf erhitzen und die Zwiebel darin andünsten. Den Knoblauch anschließend hinzugeben und die Hitze reduzieren.
3. Den Reis und die Bohnen in den Kochtopf geben und kurz anbraten.
4. Mit einem Drittel der Gemüsebrühe den Inhalt des Topfes ablöschen und rühren, bis der Reis die Flüssigkeit aufgenommen hat. Anschließend das zweite und dritte Drittel der Brühe hinzugeben und immer wieder warten, bis die Flüssigkeit aufgenommen wurde, viel umrühren. Mit Salz und Pfeffer würzen.
5. Die Walnüsse währenddessen grob hacken und in einer Pfanne, ohne die Zugabe von Öl, rösten.
6. Basilikum waschen, trockenschütteln und feinhacken.
7. Sobald das Risotto fertig ist, auf zwei Teller verteilen und mit Basilikum sowie Walnüssen garnieren.

Hauptmahlzeiten

2. TRIMESTER

Das zweite Trimester bezeichnet den vierten bis sechsten Monat, also die 14. Bis 27. Woche, einer Schwangerschaft und zeichnet sich dadurch aus, dass der Bauch so langsam beginnt, sichtbar zu werden. Die unangenehmen Begleiterscheinungen aus dem ersten Trimester sollten nun auch so langsam nachlassen und die Hormone pendeln sich wieder ein. Dafür beginnt der Körper der Mutter nun so langsam, Reserven anzulegen, was sich im Wachstum der Brüste widerspiegelt. Es ist deshalb in diesem Trimester wichtig, eine vitalstoffreiche Ernährung zu gewährleisten, insbesondere auf folgende Nährstoffe sollte großer Wert gelegt werden: Folsäure, Calcium, Jod, Omega-3-Fettsäuren, Eisen, B-Vitamine und Vitamin C. Auch der Energiebedarf steigt im zweiten Trimester einer Schwangerschaft an, weswegen ungefähr 250 Kilokalorien mehr am Tag konsumiert werden sollten.

Dorsch mit Mandelkruste auf Rahmwirsing mit Apfel (2 Portionen)

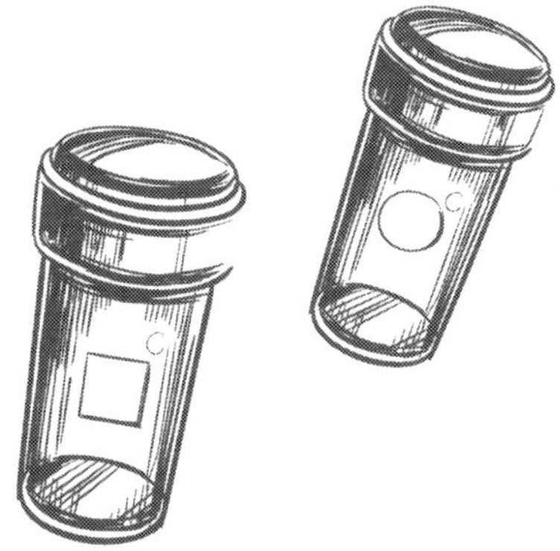

BESTENS VERSORGT

Dorsch ist ein toller Fisch für das zweite Trimester, denn er versorgt dich mit wertvollen Omega-3-Fettsäuren und einer guten Portion Jod.

ZUBEREITUNGSZEIT | 20 MINUTEN

ZUTATEN

- 1 Zwiebel
- 1 roter Apfel
- 2 EL Rapsöl
- 450 g Rahmwirsing
- 2 Dorschfilets
- 1 Ei
- 1 EL Mehl
- 50 g gemahlene Mandeln
- 50 g Mandelblättchen
- 1 EL Olivenöl
- Salz und Pfeffer

ZUBEREITUNG

1. Die Zwiebel schälen und feinhacken. Den Apfel waschen, das Kerngehäuse entfernen und das Fruchtfleisch in Spalten schneiden.
2. Einen Esslöffel des Öls in einer Pfanne erhitzen und die Zwiebel darin andünsten. Die Apfelspalten hinzugeben und ebenfalls kurz andünsten. Anschließend den Wirsing unterheben und alle Zutaten für weitere fünf Minuten braten.
3. Den Fisch unter fließendem Wasser waschen und gründlich trocknen. Mit Salz und Pfeffer bestreuen.
4. Das Ei in einer Schale verquirlen und mit den gemahlenen Mandeln vermengen.
5. Die Filets zunächst in dem Mehl und anschließend in dem Mandel-Ei wälzen. Abschließend von beiden Seiten mit den Mandelblättchen bestreuen.
6. Das restliche Öl in einer zweiten Pfanne erhitzen und den Fisch darin von beiden Seiten für vier bis sechs Minuten braten, bis er gar ist.
7. Anschließend den Fisch mit dem Apfel-Wirsing anrichten.

Ungarisches Gulasch (2 Portionen)

BESTENS VERSORGT

Wer genießt nicht gerne ab und zu ein deftiges Gulasch? Das Schweinefleisch in diesem Rezept kannst du dabei ohne Bedenken essen, solange du es vollkommen durchgarst.

ZUBEREITUNGSZEIT | 1 STUNDE, 40 MINUTEN

ZUTATEN

- 50 g Gulasch (gemischt, Rinder- und Schweinefleisch)
- 2 Zwiebeln
- 1 Knoblauchzehe
- 1 Paprika
- 150 ml Gemüsebrühe
- 1/2 Becher Schmand
- 25 g Butter
- 1 EL Tomatenmark
- 1 EL Pflanzenöl
- 1 Prise Paprikapulver
- Salz und Pfeffer

ZUBEREITUNG

1. Den Backofen auf 200°C (Umluft) vorheizen.
2. Die Zwiebeln schälen und in feine Würfel schneiden. Die Paprika waschen, das Kerngehäuse entfernen und in Würfel schneiden. Den Knoblauch ebenfalls schälen und feinhacken.
3. Das Öl in einer Pfanne erhitzen und Zwiebel sowie Knoblauch darin dünsten. Anschließend das Fleisch hinzugeben und scharf anbraten.
4. Paprika und Tomatenmark hinzugeben und vermengen. Mit Salz und Pfeffer sowie Paprikapulver würzen.
5. Den Inhalt der Pfanne mit der Gemüsebrühe ablöschen und in eine ofenfeste Auflaufform (z.B. Römertopf) geben. 90 Minuten lang im Ofen backen und nach Belieben mit Kartoffeln oder Klößen servieren.

Deftige Kartoffelsuppe mit Würstchen (2 Portionen)

BESTENS VERSORGT

Kartoffeln liefern dir Ballaststoffe und helfen dir gegen Heißhunger-Attacken.

ZUBEREITUNGSZEIT | 40 MINUTEN

ZUTATEN

- 750 g mehligkochende Kartoffeln
- 1/2 Zwiebel
- 1 Möhre
- 4 Wiener Würstchen
- 1/4 Bund Petersilie
- 600 ml Gemüsebrühe
- 1 EL Sonnenblumenöl
- 1 Prise Majoran
- Salz und Pfeffer

ZUBEREITUNG

1. Die Kartoffeln waschen und schälen und in grobe Würfel schneiden.
2. Die Zwiebel ebenfalls schälen und feinhacken. Die Möhre ebenfalls waschen und schälen und in Scheiben schneiden.
3. Die Petersilie waschen, trockenschütteln und ebenfalls kleinhacken.
4. Das Öl in einem Kochtopf erhitzen und die Zwiebel darin andünsten.
5. Anschließend die Kartoffeln sowie die Möhre hinzugeben und alle Zutaten einige Minuten lang anschwitzen.
6. Mit der Gemüsebrühe ablöschen und mit Salz, Pfeffer sowie Majoran würzen.
7. Den Inhalt des Topfes 25 Minuten lang köcheln lassen und anschließend mithilfe eines Pürierstabs zu einer cremigen Konsistenz verarbeiten.
8. Die Würstchen kleinschneiden und in der Suppe warmwerden lassen.

Heringsfilet mit Orangensauce (2 Portionen)

BESTENS VERSORGT

Der Hering gilt als ein relativ fettiger Fisch, weswegen du ihn vor der Zubereitung nicht allzu lang aufbewahren solltest. Da du gesunde Fette während der Schwangerschaft aber ohne Bedenken konsumieren kannst, darf auch ein Rezept wie dieses ab und zu auf dem Speiseplan stehen.

ZUBEREITUNGSZEIT | 30 MINUTEN

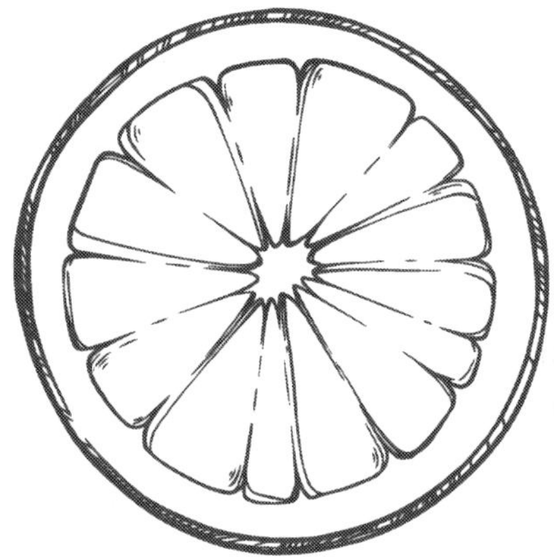

ZUTATEN

- 4 Heringsfilets
- 1 Bio-Zitrone
- 2 Bio-Orangen
- 100 g Vollkornreis
- 150 ml Sahne
- 1TL Speisestärke
- 1 TL getrockneter Oregano
- Salz und Pfeffer

ZUBEREITUNG

1. Den Fisch unter fließendem Wasser reinigen und trockentupfen. Anschließend mit Salz und Pfeffer würzen.
2. Die Zitrone waschen und auspressen. Den Fisch mit etwas Zitronensaft beträufeln.
3. Die Orange heiß abwaschen und einen Teelöffel der Schale abreiben. Eine Orange anschließend auspressen und den Saft beiseitestellen. Die zweite Orange schälen und filetieren.
4. Den Backofen auf 200°C (Ober- und Unterhitze) vorheizen.
5. Den Fisch in eine gefettete Auflaufform geben und den Orangensaft hinzugeben. Zehn Minuten lang ruhen lassen.
6. Den Reis nach Angaben der Verpackung zubereiten.
7. Nun die Sahne mit der Speisestärke sowie dem Oregano vermengen und die Orangenschale unterrühren.
8. Die Orangenspalten auf den Fisch in der Auflaufform legen und die Sahne-Sauce ebenfalls über diesen gießen.
9. Den Fisch 15 Minuten lang im Ofen garen und anschließend mit dem Reis und der Sauce auf der Auflaufform servieren.

Puten-Geschnetzeltes mit Curry-Aprikosen (2 Portionen)

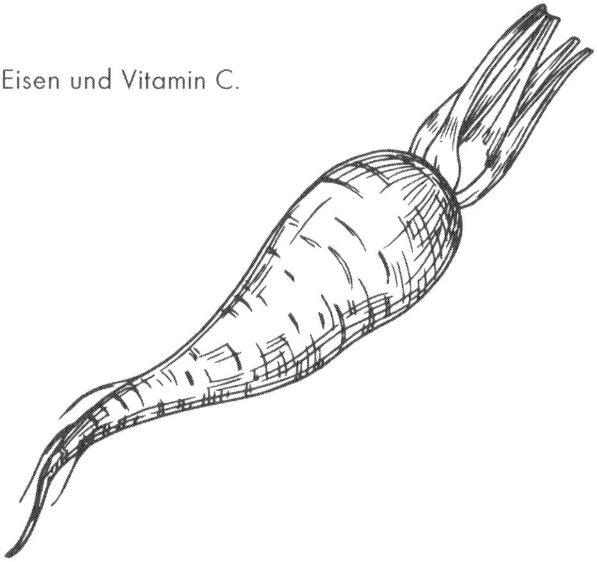

BESTENS VERSORGT

Dieses Rezept versorgt dich mit vielen B-Vitaminen sowie Calcium, Eisen und Vitamin C.

ZUBEREITUNGSZEIT | 20 MINUTEN

ZUTATEN

- 250 g Möhren
- 1 Zwiebel
- 250 g Putengeschnetzeltes
- 1 EL Currypulver
- 1 TL Mehl
- 1 TL Rapsöl
- 100 ml Orangensaft
- 4 Aprikosen
- 75 g saure Sahne
- Salz und Pfeffer

ZUBEREITUNG

1. Die Möhren waschen, schälen und in dünne Scheiben schneiden. Die Zwiebel ebenfalls schälen und in Würfel schneiden.
2. Das Fleisch gründlich waschen und trockentupfen. Anschließend in Streifen schneiden (sollte dies vom Metzger noch nicht geschehen sein) und mit Salz und Pfeffer sowie dem Mehl vermengen.
3. Das Rapsöl in einer Pfanne erhitzen und das Fleisch darin scharf anbraten.
4. Nun die Zwiebeln, den Orangensaft und die Möhren hinzugeben. Den Inhalt der Pfanne aufkochen und 15 Minuten lang auf niedriger Hitzestufe köcheln lassen.
5. Währenddessen die Aprikosen waschen, den Kern entfernen und das Fruchtfleisch in Würfel schneiden.
6. Die Aprikosen zum Fleisch in die Pfanne geben und mit der sauren Sahne, dem Currypulver sowie Salz und Pfeffer abschmecken. Nach Belieben mit Vollkorn-Reis servieren.

Hackfleisch-Pfanne mit Bulgur und Cashew-Kernen (2 Portionen)

BESTENS VERSORGT

Der Spinat in diesem Rezept versorgt dich mit reichlich Mineralstoffen sowie Vitamin A, B und C. Auch die Cashew-Kerne sind reich an B-Vitaminen.

ZUBEREITUNGSZEIT | 20 MINUTEN

ZUTATEN

- 100 g Bulgur
- 500 g Blattspinat (frisch)
- 1 Knoblauchzehe
- 1 Zwiebel
- 2 EL Cashew-Kerne
- 2 EL Rapsöl
- 100 g Rinderhackfleisch
- Salz und Pfeffer

ZUBEREITUNG

1. Den Bulgur nach Angabe der Verpackung kochen und quellen lassen.
2. Währenddessen den Spinat gründlich verlesen und waschen. 100 g des Spinats beiseitestellen, den Rest in Streifen schneiden.
3. Knoblauch und Zwiebel schälen und feinhacken. Die Cashew-Kerne ebenfalls grob hacken.
4. Das Öl in einer Pfanne erhitzen und die Zwiebel darin andünsten. Anschließend das Hackfleisch und den Knoblauch hinzugeben und unter Rühren garen.
5. Den gehackten Spinat hinzugeben und zusammenfallen lassen.
6. Nun die Cashew-Kerne, den Bulgur sowie die ganzen Spinatblätter hinzugeben, alle Zutaten miteinander vermengen und mit Salz und Pfeffer würzen.

Pasta mit Makrelenfilets (2 Portionen)

BESTENS VERSORGT

Die Makrele ist ein Fisch, der in der Schwangerschaft gerne gegessen werden kann, denn er ist reich an hochwertigen Omega-3-Fettsäuren.

ZUBEREITUNGSZEIT | 30 MINUTEN

ZUTATEN

- 200 g Vollkorn-Pasta
- 2 Makrelenfilets
- 1 Schalotte
- 1 Stange Porree
- 100 ml Sahne
- 50 ml Gemüsebrühe
- 1 TL Senf
- 2 Stiele Dill
- Salz und Pfeffer

ZUBEREITUNG

1. Den Dill waschen, trockenschütteln und feinhacken. Die Schalotte schälen und ebenfalls kleinschneiden. Den Porree waschen und in Ringe schneiden.
2. Schalotten und Porree in einen beschichteten Kochtopf legen.
3. Den Fisch gründlich waschen und trockentupfen. Auf das Gemüse im Kochtopf legen.
4. Die Gemüsebrühe mit dem Senf und der Sahne vermengen und in den Topf auf den Fisch geben.
5. Den Deckel auf den Kochtopf legen und den Inhalt fünf Minuten lang auf mittlerer Hitzestufe garen. Anschließend den Fisch herausnehmen und im Ofen warmhalten.
6. Die Nudeln währenddessen in reichlich Salzwasser nach Angaben der Verpackung bissfest garen und anschließend das Wasser abgießen.
7. Nun die Nudeln unter das Gemüse und die Sauce im Topf heben und einige Minuten köcheln lassen.
8. Mit Salz und Pfeffer würzen und mit den Makrelenfilets garnieren.

Süßkartoffel-Kürbis-Suppe mit Senf (2 Portionen)

BESTENS VERSORGT

Süßkartoffeln sind tolle Zink-Lieferanten und sättigen dich lange. Der Senf hilft gegen das lästige Sodbrennen.

ZUBEREITUNGSZEIT | 30 MINUTEN

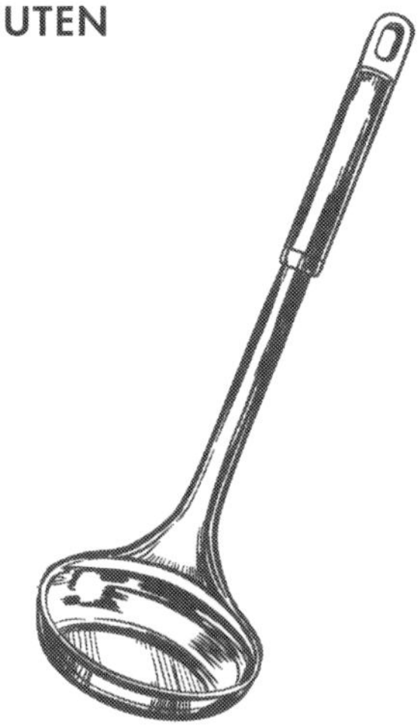

ZUTATEN

- 150 g Süßkartoffeln
- 150 g Hokkaido-Kürbis
- 400 ml Gemüsebrühe
- 1 EL Schmand
- 2 EL grober Senf
- 1 1/2 EL Rapsöl
- Salz und Pfeffer

ZUBEREITUNG

1. Süßkartoffeln waschen, trockentupfen, schälen und in Würfel schneiden.
2. Den Hokkaido-Kürbis ebenfalls waschen und entkernen und anschließend in Würfel schneiden.
3. Das Öl in einem Kochtopf erhitzen und die Süßkartoffel- und Hokkaido-Würfel scharf anbraten.
4. Mit der Gemüsebrühe ablöschen und 20 Minuten lang auf mittlerer Hitzestufe garen lassen.
5. Den Schmand und Senf unterheben und mithilfe eines Pürierstabs zu einer cremigen Konsistenz verarbeiten. Nach Bedarf etwas Wasser hinzufügen.
6. Mit Salz und Pfeffer würzen.

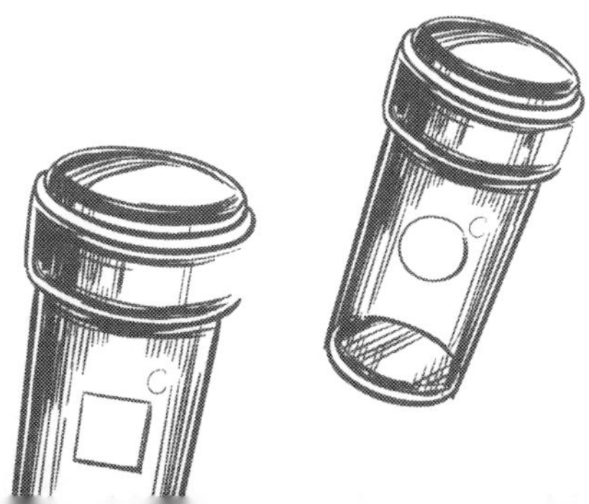

Polenta mit grünem Spargel (2 Portionen)

BESTENS VERSORGT

Polenta ist reich an Eiweiß und Magnesium während der Spargel dich mit Vitamin A, C, E sowie B versorgt.

ZUBEREITUNGSZEIT | 30 MINUTEN

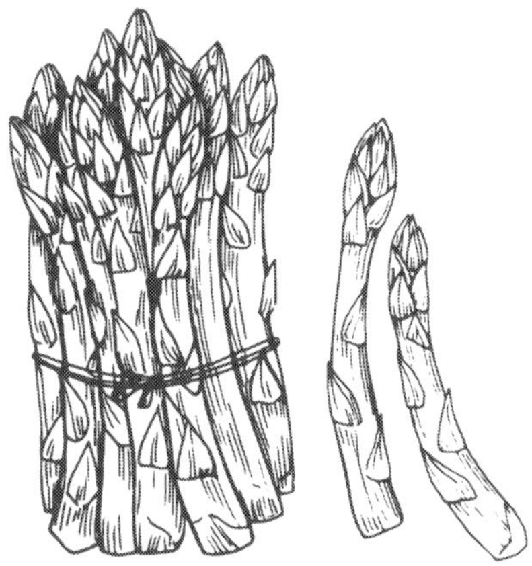

ZUTATEN

- 500 g grüner Spargel
- 1/2 Bund Petersilie
- 70 g Polenta-Grieß
- 4 EL fettarmer Frischkäse
- Salz und Pfeffer

ZUBEREITUNG

1. Den Spargel waschen und die holzigen Enden abschneiden. Das untere Drittel der Stangen schälen.
2. 250 ml Wasser in einem Kochtopf erhitzen, salzen und anschließend den Spargel darin für acht Minuten garen.
3. Die Petersilie waschen und trockenschütteln. Anschließend feinhacken.
4. Den Spargelsud in eine Schüssel abgießen und den Spargel im Ofen warmhalten.
5. Spargelsud soweit mit Wasser auffüllen, dass 250 ml erreicht sind und in einem Kochtopf aufkochen.
6. Den Polenta-Grieß einrühren.
7. Frischkäse und Petersilie zur Polenta geben und mit Salz und Pfeffer würzen.
   Alles fünf Minuten lang quellen lassen und anschließend mit dem Spargel servieren.

Quiche mit Porree und Feta (2 Portionen)

BESTENS VERSORGT

Das Vollkornmehl dieser Quiche versorgt dich mit B-Vitaminen, Zink und Magnesium. Auch der Feta trägt seinen Teil dazu, nämlich in Form von Vitaminen, Calcium und Jod. Feta wird übrigens in der Regel aus pasteurisierter Milch hergestellt und ist deswegen (in Vakuum-Verpackung) unbedenklich während der Schwangerschaft. Prüfen dies auf der Verpackung! Du solltest ihn ebenfalls nicht zu lange geöffnet aufbewahren.

ZUBEREITUNGSZEIT | 40 MINUTEN

ZUTATEN

- 100 g Vollkornmehl
- 100 g Feta
- 4 EL Quark
- 3 EL Rapsöl
- 1 Stange Porree
- 1 Msp. Backpulver
- 1/2 TL Butter
- 4 Stängel Thymian
- Salz und Pfeffer

ZUBEREITUNG

1. Mehl mit zwei Esslöffeln des Quarks, zwei Esslöffeln des Öls, dem Backpulver sowie einer Prise Salz zu einem Teig verarbeiten.
2. Eine Kuchenform mit der Butter einfetten und den Teig darin festdrücken.
3. Den Porree waschen und in dünne Scheiben schneiden. Das restliche Öl in einer Pfanne erhitzen und den Porree darin andünsten.
4. Restlichen Quark unter den Porree geben und mit Salz und Pfeffer würzen.
5. Porree-Quark-Masse auf dem Teig verteilen und den Feta darüber mit den Händen zerkrümeln.
6. Den Thymian waschen, trockenschütteln und die Blättchen abzupfen. Ebenfalls auf die Quiche geben.
7. Quiche im Ofen bei 180°C (Ober- und Unterhitze) für 25 Minuten backen.

Tagliatelle mit Walnuss-Spinat-Pesto (2 Portionen)

BESTENS VERSORGT

Die Walnüsse aus diesem Pesto versorgen dich mit wichtigen Omega-3-Fettsäuren, während der Spinat die ebenso wichtige Folsäure beisteuert. Bei dem Pecorino handelt es sich um Hartkäse, welcher aus pasteurisierter Milch hergestellt wurde, deswegen ist der Verzehr während einer Schwangerschaft unbedenklich.

ZUBEREITUNGSZEIT | 40 MINUTEN

ZUTATEN

- 40 g Walnusskerne
- 300 g Blattspinat
- 2 Knoblauchzehen
- 1 Zwiebel
- 20 g Pecorino-Käse
- 1 EL Walnussöl
- 1 EL Olivenöl
- 200 g (Vollkorn-)Bandnudeln (Tagliatelle)
- Salz und Pfeffer

ZUBEREITUNG

1. Die Walnüsse grob zerhacken und in einer Pfanne ohne die Zugabe von Fett anrösten. Abkühlen lassen und beiseitestellen.
2. Den Spinat gründlich waschen, trocknen und verlesen. Den Knoblauch schälen und grob zerkleinern.
3. 30 g der Nüsse, eine Knoblauchzehe sowie die Hälfte des Spinats in einen Standmixer geben und zu einer cremigen Masse pürieren. Das Walnussöl, den Pecorino-Käse sowie Salz und Pfeffer hinzugeben und erneut vermengen.

4. Währenddessen die Zwiebel schälen und in kleine Würfel schneiden. Gemeinsam mit der zweiten Knoblauchzehe in dem Olivenöl in einer Pfanne anbraten.
5. Den restlichen Spinat in die Pfanne geben und zusammenfallen lassen. Mit Salz und Pfeffer würzen.
6. Die Pasta nach Angaben der Verpackung garen. Zwei bis drei Esslöffel des Nudel-Wassers in die Pfanne zum Spinat geben.
7. Das Pesto und die Nudeln ebenfalls in die Pfanne geben, alles erhitzen und miteinander vermengen.

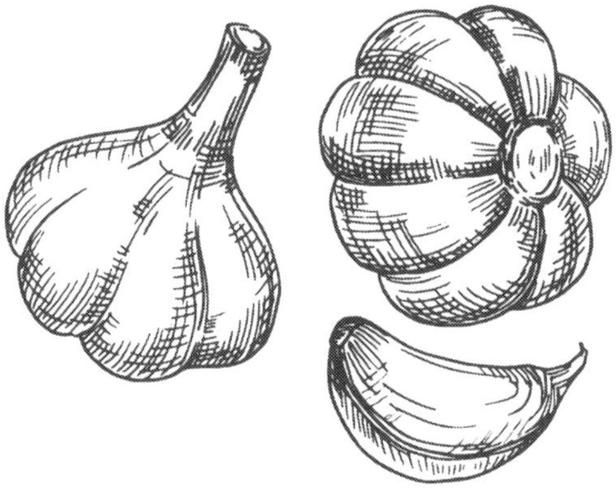

Herbstlicher Kartoffel-Kürbis-Auflauf (2 Portionen)

BESTENS VERSORGT

Im Kürbis finden wir viel gesundes Beta-Carotin. Darüber hinaus wird Kürbissen nachgesagt, Krämpfe zu lindern, unter denen schwangere Frauen oftmals leiden und die Verdauung zu unterstützen.

ZUBEREITUNGSZEIT | 55 MINUTEN

ZUTATEN

- 300 g Hokkaido-Kürbis
- 200 g festkochende Kartoffeln
- 3 EL Sonnenblumenöl
- 1/2 Bund Petersilie
- 3 Eier
- 3 EL fettarme Milch
- Salz und Pfeffer

ZUBEREITUNG

1. Den Kürbis putzen. Anschließend halbieren, die Kerne entfernen und in dünne Scheiben schneiden. Die Schale muss beim Hokkaido-Kürbis nicht entfernt werden.
2. Die Kartoffeln waschen, schälen und ebenfalls in dünne Scheiben schneiden.
3. Einen Esslöffel des Öls erhitzen und die Kürbisscheiben darin fünf Minuten lang andünsten. Anschließend mit Salz und Pfeffer würzen und in eine ofenfeste Auflaufform geben.
4. Erneut einen Esslöffel des Öls in der Pfanne erhitzen und nun die Kartoffelscheiben zehn Minuten lang anbraten. Ebenfalls würzen und in die Auflaufform geben. Mit den Kürbisspalten vermengen.
5. Die Petersilie waschen und trockenschütteln und feinhacken.
6. Petersilie mit den Eiern und der Milch verquirlen und mit Salz und Pfeffer würzen.
7. Die Eier-Masse nun über die Kürbis- und Kartoffelspalten in der Auflaufform geben und alles bei 180°C für 20-30 Minuten garen.

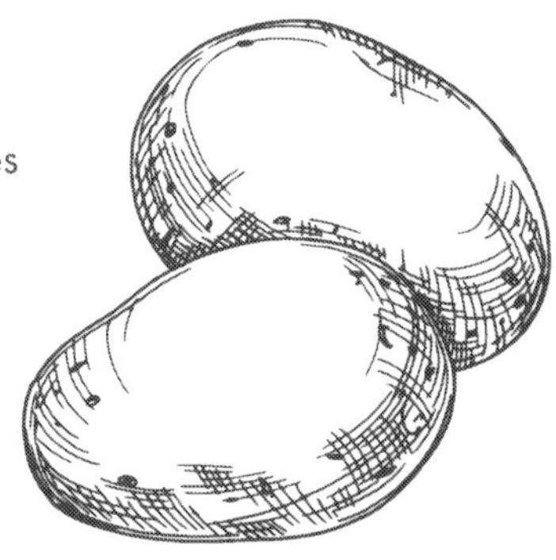

Auberginen-Nudel-Risotto (2 Portionen)

BESTENS VERSORGT

In Aubergine findest du Kalium, viele B-Vitamine und Vitamin C. Darüber hinaus gilt die sogenannte Eierfrucht als sehr kalorienarm. Auch der Schafskäse ist für dich unbedenklich und ein toller Proteinlieferant, solange er aus pasteurisierter Milch hergestellt wurde. Prüfe dies einmal, bevor du ihn genießt!

ZUBEREITUNGSZEIT | 25 MINUTEN

ZUTATEN

- 1 Bund Frühlingszwiebeln
- 3 EL Öl
- 1 Aubergine
- 150 g Risoni-Nudeln
- 500 ml Gemüsebrühe
- 150 g Schafskäse
- 1/2 Bund Petersilie

ZUBEREITUNG

1. Frühlingszwiebeln waschen, putzen und in dünne Ringe schneiden. Die Aubergine waschen, die Enden entfernen und in kleine Würfel schneiden.
2. Einen Esslöffel des Öls in einem Topf erhitzen und die hellen Ringe der Frühlingszwiebeln darin zwei Minuten lang dünsten.
3. Die Risoni-Nudeln hinzugeben und ebenfalls kurz andünsten.
4. Mit der Gemüsebrühe ablöschen und 10-15 Minuten lang auf mittlerer Hitzestufe köcheln lassen. Ab und an umrühren.
5. Das restliche Öl in einer zweiten Pfanne erhitzen und die Aubergine darin fünf Minuten lang anbraten. Anschließend mit Salz und Pfeffer würzen.
6. Den Schafskäse mit der Hand zerbröseln. Die Petersilie waschen, trockenschütteln und feinhacken.
7. Einen Drittel des Schafkäses unter die Risoni-Nudeln heben. Mit Salz und Pfeffer würzen.
8. Das Nudel-Risotto mit den grünen Ringen der Frühlingszwiebel sowie mit dem restlichen Schafskäse und der Petersilie und den Auberginen-Würfeln garnieren.

Mandel-Erbsen-Risotto (2 Portionen)

BESTENS VERSORGT

Mandeln sind reich an Vitamin B2, Vitamin E, Magnesium sowie ungesättigten Fettsäuren.
Auch die Erbsen versorgen dich mit reichlich Nährstoffen, wie Eisen, Calcium und Magnesium.

ZUBEREITUNGSZEIT | 30 MINUTEN

ZUTATEN

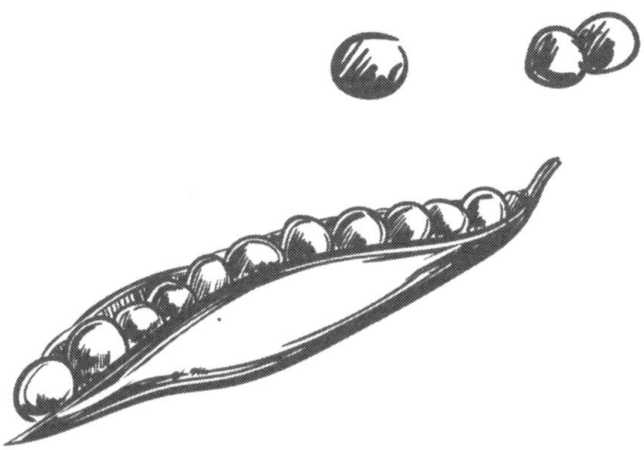

- 300 g Erbsen
- 30 g Mandeln
- 2 EL Rapsöl
- 150 g Risotto-Reis
- 500 ml Gemüsebrühe
- 15 g Parmesan
- 1 Bund Minze
- 1 Bund Basilikum
- 50 ml Milch
- Salz und Pfeffer

ZUBEREITUNG

1. Die Mandeln feinhacken.
2. Das Rapsöl in einem Kochtopf erhitzen und die Mandeln sowie den Risotto-Reis darin drei Minuten lang andünsten. Anschließend mit der Gemüsebrühe ablöschen und 25 Minuten lang auf niedriger Hitzestufe köcheln lassen. Gelegentlich umrühren.
3. Währenddessen den Parmesan reiben und die Kräuter waschen, trockenschütteln und feinhacken.
4. Nun die Erbsen waschen und gemeinsam mit den Kräutern zu dem Risotto in den Topf geben.
5. Abschließend den Parmesan und die Milch untergeben und mit einer Prise Salz und Pfeffer abschmecken.

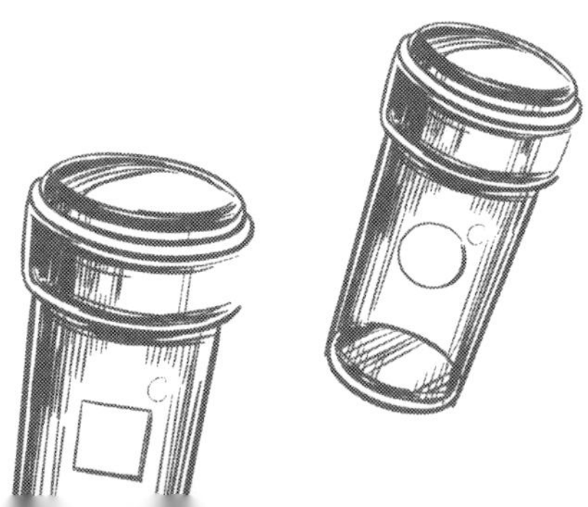

Brokkoli-Champignon-Wok mit Cashew-Kernen (2 Portionen)

BESTENS VERSORGT

Brokkoli unterstützt nicht nur das Immunsystem und schützt vor Diabetes, er weist auch eine große Menge Beta-Carotin auf, die die freien Radikale in unserem Körper unschädlich machen können.

ZUBEREITUNGSZEIT | 20 MINUTEN

ZUTATEN

- 1 Brokkoli
- 2 Knoblauchzehen
- 1 Zwiebel
- 2 Paprikaschoten
- 300 g Champignons
- 60 g Cashew-Kerne
- 1 EL Sojasauce
- 1 EL Sesamöl
- Salz und Pfeffer

ZUBEREITUNG

1. Den Brokkoli putzen und in Röschen teilen.
2. Die Knoblauchzehen sowie die Zwiebel schälen und feinhacken.
3. Die Paprika waschen, entkernen und in dünne Streifen schneiden.
4. Die Champignons putzen und vierteln.
5. Die Cashewkerne in einer großen Pfanne, ohne die Zugabe von Öl, rösten und anschließend beiseitestellen.
6. Nun das Sesamöl in diese Pfanne geben und darin Zwiebel und Knoblauch andünsten.
7. Anschließend den Brokkoli hinzugeben und zehn Minuten lang zugedeckt auf mittlerer Hitzestufe garen.
8. Champignons und Paprika hinzugeben und ebenfalls anbraten.
9. Mit der Sojasauce ablöschen und mit Salz und Pfeffer würzen.
10. Gemüse-Wok mit den Cashew-Kernen garnieren.

Nudelpfanne mit Wirsing (2 Portionen)

BESTENS VERSORGT

Wirsing ist ein wahrer Star, was den Gehalt an Vitamin C angeht! Auch Folsäure lässt sich in diesem Kohl finden.

ZUBEREITUNGSZEIT | 30 MINUTEN

ZUTATEN

- 140 g Vollkorn-Nudeln
- 300 g Wirsing
- 1 Zwiebel
- 100 g Walnusskerne
- 1 EL Olivenöl
- 100 ml Gemüsebrühe
- Salz und Pfeffer

ZUBEREITUNG

1. Die Nudeln nach Angaben der Verpackung in reichlich Salzwasser bissfest garen.
2. Während die Nudeln garen, den Wirsing waschen, reinigen und in dünne Streifen schneiden.
3. Die Zwiebel schälen und in Würfel schneiden.
4. Das Öl in einer Pfanne erhitzen und die Zwiebel darin glasig dünsten.
5. Den Wirsing hinzugeben und für zwei Minuten ebenfalls andünsten.
   Anschließend mit der Gemüsebrühe ablöschen und fünf Minuten auf mittlerer Hitzestufe köcheln lassen.
6. Die Walnusskerne grob zerhacken und in einer zweiten Pfanne, ohne die Zugabe von Öl, anrösten.
7. Die Nudeln abgießen und zum Wirsing in die Pfanne geben. Kurz mitköcheln lassen und mit Salz und Pfeffer würzen.
8. Mit den gehackten Walnüssen garnieren.

Risotto aus Hirse mit Schwarzkümmel (2 Portionen)

BESTENS VERSORGT

Eisen und viele Ballaststoffe findest du in diesem Rezept in den Linsen und der Hirse. Vor allem die Ballaststoffe fördern die Verdauung und beugen somit Verstopfungen vor. Die Paprika in diesem Gericht versorgt mit Vitamin C, welches deinem Körper hilft, das Eisen aufzunehmen. Der Verzehr von Schwarzkümmel ist in solch kleinen Mengen dabei absolut unbedenklich.

ZUBEREITUNGSZEIT | 20 MINUTEN

ZUTATEN

- 80 g Hirse
- 80 g rote Linsen
- 300 ml Gemüsebrühe
- 2 rote Paprika
- 2 EL Rapsöl
- 80 g Rucola
- TL Schwarzkümmelsamen
- Salz und Pfeffer

ZUBEREITUNG

1. Die Paprika waschen, das Kerngehäuse entfernen und in kleine Würfel schneiden.
2. Öl in einem Kochtopf erhitzen und Paprikawürfel darin andünsten.
3. Linsen und Hirse hinzugeben, kurz andünsten und anschließend mit der Gemüsebrühe ablöschen. Alles aufkochen lassen und für ungefähr 12 Minuten auf mittlerer Hitzestufe köcheln lassen.
4. Währenddessen den Rucola waschen, trockentupfen und kleinhacken.
5. Schwarzkümmelsamen und Rucola in den Kochtopf geben und unterrühren. Mit Salz und Pfeffer würzen.

Linsen-Pasta mit Pesto Rosso (2 Portionen)

BESTENS VERSORGT

Linsen-Pasta sind Nudeln, die aus Linsen hergestellt wurden. Sie liefern die eine gute Portion Ballaststoffe und doppelt so viel Eiweiß, wie normale Pasta. Du findest Linsen-Pasta inzwischen in so gut wie jedem gut-sortierten Supermarkt.

ZUBEREITUNGSZEIT | 30 MINUTEN

ZUTATEN

- 50 g Pinienkerne
- 2 Knoblauchzehen
- 125 g getrocknete Tomaten in Öl
- 4 EL Olivenöl
- 1 TL Balsamessig
- 1 TL Zitronensaft
- 80 g Rucola
- 1/2 Bund Basilikum
- 1 Zwiebel
- 250 g Cherrytomaten
- 250 g Linsen-Pasta
- Salz und Pfeffer

ZUBEREITUNG

1. Die Linsen-Pasta nach Angaben der Verpackung in reichlich Salzwasser garen.
2. Die Pinienkerne in einer Pfanne, ohne die Zugabe von Öl, anrösten. Anschließend in einen Standmixer geben.
3. Die getrockneten Tomaten aus dem Öl nehmen und den Knoblauch schälen.
4. Getrocknete Tomaten, Knoblauch, 3 Esslöffel des Öls, den Zitronensaft sowie die Pinienkerne in einem Standmixer pürieren, bis eine cremige Konsistenz entsteht. Mit Salz und Pfeffer würzen.
5. Rucola sowie Basilikum waschen und trockenschütteln. Beides grob kleinhacken.
6. Die Zwiebel schälen und in Würfel schneiden. Die Tomaten waschen, den Strunk entfernen und halbieren.
7. Das restliche Öl in einer Pfanne erhitzen und die Zwiebel darin zwei Minuten lang glasig dünsten. Anschließend die Tomaten hinzugeben und weitere zwei Minuten braten.
8. Die Linsen-Pasta abgießen und die Nudeln in die Pfanne geben.
9. Das Pesto unterrühren und zum Schluss mit einigen Basilikumblättern garnieren.

Frische Buchweizen-Bowl mit Haselnuss-Dressing

(2 Portionen)

BESTENS VERSORGT

Der Feldsalat in diesem Rezept versorgt dich mit viel Vitamin C, während die Flavonoide in den Brombeeren deinen Blutdruck regulieren.

ZUBEREITUNGSZEIT | 20 MINUTEN

ZUTATEN

- 125 g Buchweizen
- 200 g Rotkohl
- 15 g Haselnusskerne
- 2 EL Rapsöl
- 1/2 EL Apfelessig
- 15 g Hagebutten-Aufstrich (alternativ Aprikosen- oder Beerenaufstrich)
- 1/2 TL Senf
- 150 g Maronen (vorgegart und vakuumiert)
- 50 g Feldsalat
- 50 g Wildkräutersalat
- 50 g Brombeeren
- 1 Prise Thymian
- Salz und Pfeffer

ZUBEREITUNG

1. Buchweizen in einem Sieb gründlich waschen und anschließend nach Angaben der Verpackung garen.
2. Währenddessen den Rotkohl putzen und in dünne Streifen schneiden. Mit Salz bestreuen und fünf Minuten lang gründlich kneten, sodass die Flüssigkeit austritt.
3. Die Haselnüsse in einer Pfanne ohne Öl anrösten und abkühlen lassen. Anschließend kleinhacken.
4. Einen Esslöffel des Öls mit dem Apfelessig, dem Hagebutten-Aufstrich, dem Senf und einem Esslöffel Wasser vermengen. Die gehackten Haselnüsse unterheben und mit Salz, Pfeffer und dem Thymian würzen.
5. Die Maronen halbieren und das restliche Öl in einer Pfanne erhitzen. Maronen darin fünf Minuten lang anbraten.
6. Die Brombeeren und die Salat-Sorten gründlich waschen.
7. In zwei Schalen den Buchweizen anrichten und diesen mit dem Rotkohl, den Salaten, den Maronen und den Brombeeren belegen. Mit dem Dressing garnieren.

Gebratene Auberginen mit Granatapfelkernen

(2 Portionen)

BESTENS VERSORGT

Dieses Rezept kannst du hervorragend schnell in der Küche zaubern, im Sommer jedoch sind die gebratenen Auberginen ein wahrer Hit für den Grill!

ZUBEREITUNGSZEIT | 20 MINUTEN

ZUTATEN

- 300 g Auberginen
- 1/2 Granatapfel
- 1/2 Bund Petersilie
- 1/2 Knoblauchzehe
- 2 EL Olivenöl
- 1/2 EL Balsamessig
- Salz

ZUBEREITUNG

1. Die Auberginen putzen und die Enden abschneiden. Anschließend längst halbieren und die Schnittflächen mit Salz bestreuen. Zehn Minuten lang ziehen lassen.
2. Währenddessen die Granatapfelkerne aus der Schale nehmen und die Petersilie waschen und trockenschütteln. Petersilie anschließend feinhacken.
3. Den Knoblauch schälen und feinhacken, mit dem Öl in einer Schüssel verrühren.
4. Die Auberginenscheiben trockentupfen und das Knoblauch-Öl auf diesen verstreichen. Die Auberginen in der Pfanne etwa zehn Minuten lang braten und immer wieder mit dem restlichen Öl bestreichen.
5. Aubergine mit Salz und der Petersilie bestreuen und mit den Granatapfelkernen garnieren.

Hauptmahlzeiten

3. TRIMESTER

Das dritte Trimester beginnt in der 28. Schwangerschaftswoche und zieht sich somit über den siebten bis neunten Monat der Schwangerschaft. Auch, wenn das erste Trimester für viele Schwangere eine große Herausforderung darstellt, ist es in der Regel doch das dritte Trimester, das die größten körperlichen Belastungen mit sich bringt. So trägt die Mutter nicht mehr nur ihr eigenes Gewicht, sondern auch das Gewicht ihres ungeborenen Kindes, welches stetig wächst und schwerer wird. Durch das Wachstum des Kindes, schwindet natürlich der Platz im Bauch, beziehungsweise im Magen. Es bietet sich deswegen im dritten Trimester an, fünf kleinere Mahlzeiten, anstatt drei großer Mahlzeiten einzunehmen. Insbesondere die Ballaststoffe sind nun in der Ernährung besonders wichtig, aber auch das Vitamin K, Vitamin C und Vitamin B1 dürfen nicht außer Acht gelassen werden. Du kannst deswegen im dritten Trimester auch einmal häufiger in den Obstkorb greifen, denn das Vitamin C aus Zitrusfrüchten stärkt nicht nur dein Immunsystem, sondern unterstützt deinen Körper auch bei der Aufnahme von Eisen, welches vor allem im letzten Trimester oftmals Mangelware ist. Auch die Flüssigkeitszufuhr darf in diesem Trimester gerne noch einmal erhöht werden. So ist es sinnvoll, pro Tag mindestens zwei, wenn nicht sogar drei, Liter Mineralwasser über den Tag verteilt zu trinken.

Vollkorn-Bandnudeln mit Lachs-Frischkäse-Sauce

(2 Portionen)

BESTENS VERSORGT

Vollkornnudeln beinhalten nicht nur super Ballaststoffe, sie versorgen sich auch mit wertvollen B-Vitaminen sowie mit Zink und Magnesium. Der Lachs steuert dabei seine Omega-3-Fettsäuren sowie Jod und Calcium hinzu.

ZUBEREITUNGSZEIT | 20 MINUTEN

ZUTATEN

- 250 g Vollkorn-Bandnudeln
- 1 Zwiebel
- 1 Bund grüner Spargel
- 2 Lachfilets
- 1 EL Olivenöl
- 50 ml Gemüsebrühe
- 100 g Frischkäse
- 1 TL Zitronensaft
- Salz und Pfeffer

ZUBEREITUNG

1. Die Nudeln nach Angaben der Verpackung in reichlich Salzwasser garkochen.
2. Währenddessen die Zwiebel schälen und feinhacken. Den Spargel waschen, schälen und die holzigen Enden entfernen. Nach Belieben in Stücke schneiden.
3. Die Lachsfilets unter fließendem Wasser reinigen und anschließend trockentupfen. In Würfel schneiden.
4. Das Olivenöl in einer Pfanne erhitzen und die Zwiebel darin dünsten. Den Spargel hinzufügen und weitere fünf Minuten lang braten. Anschließend den Lachs hinzufügen und kurz garen.
5. Mit der Gemüsebrühe ablöschen und alle Zutaten weitere fünf Minuten köcheln lassen.
6. Nun den Frischkäse in die Sauce geben und mit dem Zitronensaft sowie Salz und Pfeffer abschmecken.
7. Die Nudeln abgießen und mit der Lachs-Frischkäse-Sauce servieren.

Paprika mit Hackfleischfüllung (2 Portionen)

BESTENS VERSORGT

Paprika ist reich an Vitamin A, B und C. Das Rinderhackfleisch versorgt dich zusätzlich mit einer guten Portion Eisen sowie Zink und Vitamin B12.

ZUBEREITUNGSZEIT | 1 STUNDE, 10 MINUTEN

ZUTATEN

- 2 rote Paprikaschoten
- 300 g Rinderhackfleisch
- 1 Zwiebel
- 1 Knoblauchzehe
- 1 Zweig Thymian
- 1 Zweig Majoran
- 150 ml Gemüsebrühe
- 1/2 trockenes Brötchen
- 1 Dose stückige Tomaten
- 1 Tomate
- Paprikapulver
- 2 EL Rapsöl
- Salz und Pfeffer

ZUBEREITUNG

1. Den Ofen auf 180°C (Ober- und Unterhitze) vorheizen.
2. Die Paprika waschen und den Deckel sowie das Kerngehäuse entfernen.
3. Majoran und Thymian waschen und trockenschütteln. Die Blättchen abzupfen.
4. Zwiebel und Knoblauch schälen und feinhacken.
5. Das Rapsöl in einer Pfanne erhitzen und Zwiebel sowie Knoblauch darin andünsten.
6. Das Brötchen währenddessen in einer Schüssel mit warmem Wasser aufweichen. Anschließend das Wasser ausdrücken und das Brötchen mit dem Hackfleisch vermengen.
7. Die gegarte Zwiebel und den Knoblauch sowie Thymian, Majoran, Paprikapulver, Salz und Pfeffer vermengen und in die Paprikaschoten füllen. Paprika in eine Auflaufform geben.
8. Die Tomate waschen und den Strunk entfernen. Anschließend in Würfel schneiden und mit der Gemüsebrühe und dem Tomatenmark vermengen. Mit Salz und Pfeffer würzen.
9. Die Tomaten-Sauce zu den Paprika in die Auflaufform geben und alles 50 Minuten lang im Ofen garen.

Hähnchen-Erdnuss-Curry (2 Portionen)

BESTENS VERSORGT

Erdnüsse sind wahre Nährstoffbomben, denn sie enthalten viele Vitamine, Mineralien, Eiweiß und Folsäure.

Du solltest Erdnüsse jedoch nur dann essen, wenn du dir sicher bist, dass niemand in deiner Familie an einer Erdnussallergie leidet. Sollte dies der Fall sein, kann es vorkommen, dass auch dein Kind Erdnüsse nicht gut verträgt.

ZUBEREITUNGSZEIT | 30 MINUTEN

ZUTATEN

- 200 g Hähnchenbrustfilet
- 50 g Erdnüsse
- 1 Paprika
- 1 EL Fischsauce
- 200 ml Kokosmilch
- 1/2 EL Rohrzucker
- 5 Kefir-Blätter
- Salz und Pfeffer

ZUBEREITUNG

1. Das Fleisch unter fließendem Wasser reinigen und trockentupfen. Anschließend in Würfel schneiden.
2. Die Paprika ebenfalls waschen und das Kerngehäuse entfernen. Anschließend ebenfalls in Würfel schneiden. Die Kefir-Blätter waschen und trockenschütteln.
3. Die Erdnüsse in einer Pfanne ohne die Zugabe von Fett anrösten. Anschließend beiseitestellen.
4. Die Kokosmilch öffnen und das Fett, welches oben schwimmt, herausnehmen und in eine Pfanne geben. Das Hühnerbrustfilet in diesem Fett drei Minuten lang unter Wenden anbraten.
5. Nun die Paprika und die Kefir-Blätter zum Fleisch geben und ebenfalls anbraten.
6. Mit der Fischsauce, dem Rohrzucker sowie Salz und Pfeffer würzen und mit den Erdnüssen garnieren.
7. Das Curry nach Belieben mit Vollkorn-Reis servieren.

Gegrilltes Lachsfilet auf Gurkensalat im Asia-Style

(2 Portionen)

BESTENS VERSORGT

Erdnüsse sind wahre Nährstoffbomben, denn sie enthalten viele Vitamine, Mineralien, Eiweiß und Folsäure.

Du solltest Erdnüsse jedoch nur dann essen, wenn du dir sicher bist, dass niemand in deiner Familie an einer Erdnussallergie leidet. Sollte dies der Fall sein, kann es vorkommen, dass auch dein Kind Erdnüsse nicht gut verträgt.

ZUBEREITUNGSZEIT | 15 MINUTEN

ZUTATEN

- 2 Lachsfilets
- 1/2 Gurke
- 1 Frühlingszwiebel
- 2 EL Olivenöl
- 3 TL Sojasauce
- 1/2 TL Sesamöl
- 1/2 TL Senf
- 1 TL Pflanzenöl
- 1 Prise Zucker
- Salz und Pfeffer

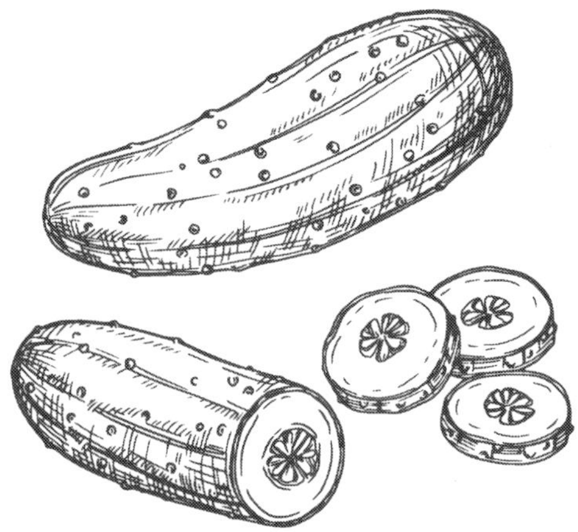

ZUBEREITUNG

1. Die Gurke waschen, schälen und in dünne Scheiben hobeln.
2. In einer großen Schüssel die Sojasauce mit dem Sesamöl, dem Zucker, dem Senf sowie Salz und Pfeffer vermengen.
3. Die Gurken in die Schüssel geben und mit dem Dressing vermengen.
4. Die Frühlingszwiebel waschen und in dünne Ringe schneiden.
5. Den Lachs gründlich waschen und trockentupfen.
6. Das Öl in einer Pfanne erhitzen und den Lachs darin von beiden Seiten braten, bis er gar ist. Mit Salz und Pfeffer würzen und mit der Frühlingszwiebel garnieren.
7. Den Lachs mit dem Gurkensalat servieren.

Rindfleisch-Salat mit fruchtigen Himbeeren

(2 Portionen)

BESTENS VERSORGT

Das Rindfleisch versorgt dich im dritten Trimester mit einer wichtigen Portion Eisen, während die Himbeeren dich zusätzlich mit Vitamin B und C sowie Calcium und Magnesium versorgen. Auch der Radicchio ist überaus gesund. Er fördert deine Verdauung und senkt den Cholesterinspiegel.

ZUBEREITUNGSZEIT | 20 MINUTEN

ZUTATEN

- 100 g gefrorene Himbeeren
- 2 Möhren
- 8 Champignons
- 2 Radicchio
- 300 g Rindfleisch
- 2 EL Sesam
- 4 EL Rapsöl
- 10 EL Granatapfelsaft
- 2 Vollkornbrötchen
- Salz und Pfeffer

ZUBEREITUNG

1. Die Himbeeren in eine Schüssel geben und auftauen lassen.
2. Die Möhren waschen, schälen und mit einer Reibe zu Raspeln verarbeiten. Die Champignons putzen und in kleine Würfel schneiden.
3. Den Radicchio waschen und kleinzupfen. In eine große Schale geben.
4. Das Rindfleisch unter fließendem Wasser waschen und trockentupfen. Anschließend in dünne Streifen schneiden.
5. Zwei Esslöffel des Öls in einer Pfanne erhitzen und das Rindfleisch darin vier Minuten anbraten, bis es gar ist.
6. Champignons und Möhren auf den Radicchio geben und mit dem Rindfleisch belegen.
7. Granatapfelsaft mit dem Öl vermengen und mit Salz und Pfeffer würzen. Die Himbeeren und das Dressing über den Salat geben.

Knusprige Hühnerschenkel mit Gemüse

(2 Portionen)

BESTENS VERSORGT

Huhn ist reich an vielen B-Vitaminen sowie Eisen und Zink. Auch die Champignons versorgen dich mit wertvollen Mikronährstoffen, wie B-Vitaminen, Niacin und Vitamin D!

ZUBEREITUNGSZEIT | 35 MINUTEN

ZUTATEN

- 1 Bio-Zitrone
- 1 Knoblauchzehe
- 1 Bund Frühlingszwiebeln
- 2 Hühnerschenkel
- 500 g Champignons
- 1 Lorbeerblatt
- 1 EL Mehl
- 1 EL Rapsöl
- Salz und Pfeffer

ZUBEREITUNG

1. Die Zitrone heiß abwaschen und mit der Schale in dünne Spalten schneiden.
2. Den Knoblauch schälen und feinhacken. Die Frühlingszwiebeln waschen und in dünne Ringe schneiden.
3. Die Hühnerschenkel gründlich waschen und trockentupfen. Anschließend mit Salz und Pfeffer würzen.
4. Das Öl in einer Pfanne erhitzen und die Hühnerschenkel darin von allen Seiten gut anbraten.
5. Knoblauch, Zwiebeln, Lorbeer und Zitronenspalten hinzugeben und ebenfalls anbraten. Etwas Wasser hinzugeben, die Pfanne abdecken und 15 Minuten auf mittlerer Hitzestufe schmoren lassen.
6. Die Champignons putzen und vierteln. Zum Huhn in die Pfanne geben.
7. 200 ml Wasser mit dem Mehl verrühren und ebenfalls in die Pfanne geben. Alles aufkochen lassen und zehn Minuten zugedeckt auf mittlerer Hitzestufe köcheln lassen.
8. Mit Salz und Pfeffer abschmecken.

Kartoffelpüree mit Frikadellen (2 Portionen)

BESTENS VERSORGT

Manchmal muss es einfach etwas Klassisches sein. Dieses Rezept versorgt dich mit einer Menge Eisen sowie B-Vitaminen, Magnesium und Vitaminen.

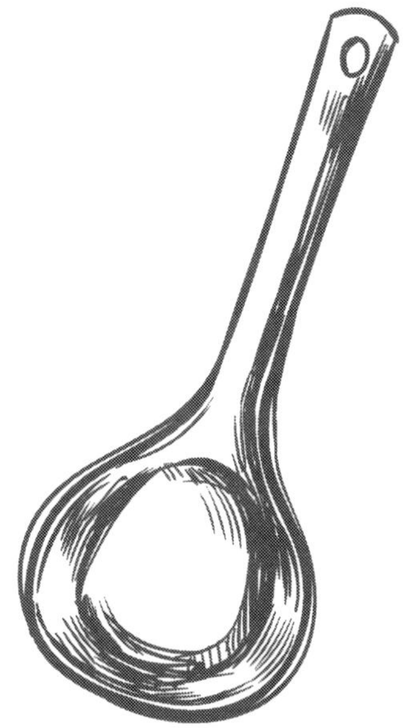

ZUBEREITUNGSZEIT | 40 MINUTEN

ZUTATEN

- 300 g Kartoffeln
- 300 g Sauerkraut
- 100 g Sahne
- 2 Scheiben Weißbrot
- 1 Schalotte
- 250 g Rinderhackfleisch
- 1 TL Senf
- 1 Ei
- 3 EL Semmelbrösel
- 1 EL Rapsöl
- 125 ml Milch
- 1 EL Butter
- 4 Zweige Basilikum
- 1 Prise Paprikapulver
- 1 Prise Majoran
- Salz und Pfeffer

ZUBEREITUNG

1. Die Kartoffeln waschen, schälen und grob in Stücke schneiden.
2. Anschließend reichlich Salzwasser in einem Kochtopf zum Köcheln bringen und die Kartoffeln darin 20 Minuten lang garkochen.
3. Währenddessen das Sauerkraut abgießen und mit der Sahne in einem kleinen Kochtopf erwärmen. Zehn Minuten lang köcheln lassen.
4. Das Weißbrot fünf Minuten lang in warmem Wasser einweichen und anschließend gründlich ausdrücken.
5. Die Schalotte schälen und in kleine Würfel schneiden.

6. Schalotten-Würfel mit dem Hackfleisch, dem Weißbrot, dem Senf, dem Ei sowie den Semmelbröseln vermengen und mit Salz Pfeffer, Paprikapulver und Majoran abschmecken.
7. Aus der Fleischmasse Frikadellen formen.
8. Das Rapsöl in einer Pfanne erhitzen und die Frikadellen darin von beiden Seiten gründlich durchbraten.
9. Die Kartoffeln nun abgießen und mithilfe eines Kartoffelstampfers zerdrücken.
10. Die Milch im Kochtopf erhitzen und die Kartoffeln anschließend hinzugeben und mit der Milch vermengen. Nun die Butter hinzugeben und mit Salz und Pfeffer würzen.
11. Das Kartoffelpüree mit den Frikadellen sowie dem Sauerkraut servieren.

Ofen-Gnocchi mit Tomaten-Paprika-Sauce (2 Portionen)

BESTENS VERSORGT

Paprika sind super Folsäure-Lieferanten. Durch den hohen Gehalt an Ballaststoffen in diesem Gemüse steigt der Blutzuckerspiegel nur langsam an, was bewirkt, dass du dich länger satt fühlst.

ZUBEREITUNGSZEIT | 30 MINUTEN

ZUTATEN

- 500 g Gnocchi
- 2 EL Olivenöl
- 1 Knoblauchzehe
- 1 Paprikaschote
- 500 g passierte Tomaten
- 200 g fettarmer Frischkäse
- 1 Mozzarella
- 100 g Parmesan
- 1 Prise Oregano
- Salz und Pfeffer

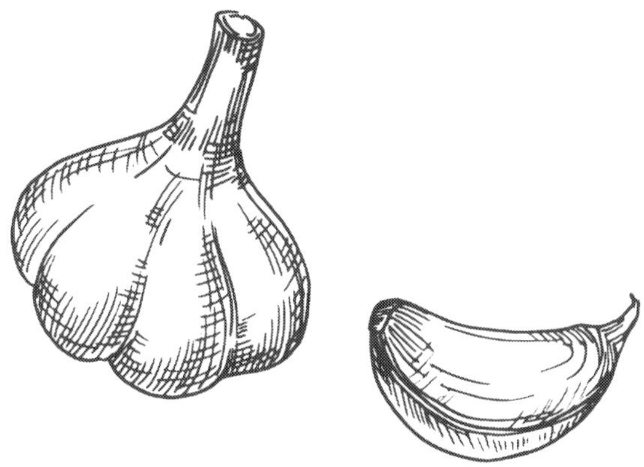

ZUBEREITUNG

1. Die Gnocchi nach Angaben der Verpackung zubereiten (handelt es sich um verzehrfertige, gekühlte Gnocchi entfällt dieser Schritt).
2. Die Paprika waschen, das Kerngehäuse entfernen und grob in Stücke schneiden. Paprika in einem Standmixer feinpürieren.
3. Den Knoblauch schälen und in kleine Stücke schneiden.
4. Das Olivenöl in einer Pfanne erhitzen und den Knoblauch darin andünsten. Anschließend das Paprika-Püree hinzugeben und ebenfalls kurz anbraten.

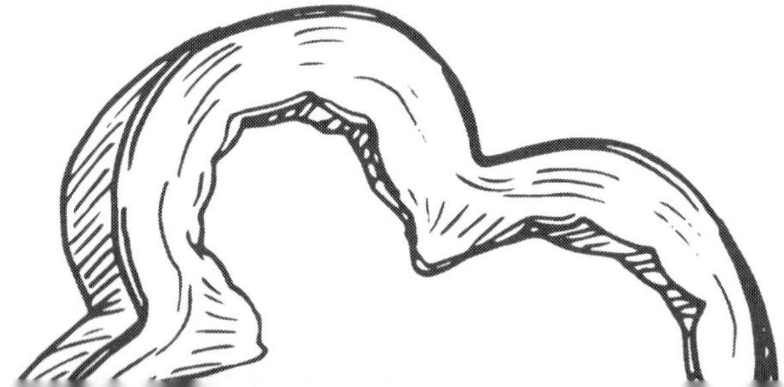

5. Die passierten Tomaten sowie den Frischkäse in die Pfanne geben und unterrühren. Mit Salz, Pfeffer und Oregano würzen.
6. Die Gnocchi in eine Auflaufform geben und die Sauce über diese geben.
7. Den Parmesan reiben und auf den Gnocchi verteilen.
8. Den Mozzarella abgießen und in Scheiben schneiden. Ebenfalls auf die Gnocchi in der Auflaufform geben.
9. Den Auflauf bei 180°C für ungefähr 15 Minuten oder bis der Mozzarella anfängt, Blasen zu werfen, backen.

Schmorkartoffeln mit Schnittlauchquark (2 Portionen)

BESTENS VERSORGT

Dieses einfache Gericht schmeckt nicht nur lecker und macht dich satt, es hilft auch bei der Entwässerung.

ZUBEREITUNGSZEIT | 1 STUNDE

ZUTATEN

- 400 g Drillings-Kartoffeln
- 4 EL Olivenöl
- 250 g Magerquark
- 100 g Joghurt (fettarm)
- 1/2 Bund Schnittlauch
- Salz und Pfeffer

ZUBEREITUNG

1. Den Backofen auf 200°C (Ober- und Unterhitze) vorheizen.
2. Die Kartoffeln waschen und putzen und bis zur Hälfte einschneiden.
3. Kartoffeln in eine Auflaufform geben und mit dem Öl sowie Salz und Pfeffer marinieren.
4. Die Auflaufform in den Backofen geben und 45 Minuten lang backen.
5. Währenddessen den Schnittlauch waschen und trockenschütteln. Anschließend kleinhacken und mit dem Quark sowie dem Joghurt vermengen. Mit Salz und Pfeffer abschmecken.
6. Die Kartoffeln mit dem Dipp anrichten.

Überbackener Brokkoli mit Curry-Dip (2 Portionen)

BESTENS VERSORGT

Brokkoli schmeckt nicht nur lecker, das Gemüse enthält auch viel Vitamin C, welches gut für dein Immunsystem ist.

ZUBEREITUNGSZEIT | 30 MINUTEN

ZUTATEN

- 1 Brokkoli
- 1 Knoblauchzehe
- 250 g (veganen) Joghurt
- 200 g Feta
- 2 EL Pinienkerne
- 1 EL Olivenöl
- 1 TL Currypulver
- 1/2 TL Paprikapulver
- 1 TL Zitronensaft
- Salz und Pfeffer

ZUBEREITUNG

1. Den Brokkoli waschen und putzen und die Röschen vom Stiel trennen.
2. Reichlich Salzwasser zum Kochen bringen und den Brokkoli darin fünf Minuten lang garen. Anschließend abgießen und den Brokkoli abtropfen lassen.
3. Währenddessen den Knoblauch schälen und feinhacken.
4. Den Joghurt mit dem Knoblauch, dem Currypulver, dem Paprikapulver, einer Prise Salz und Pfeffer sowie dem Zitronensaft vermengen.
5. Den Brokkoli auf einem Backblech, welches mit Backpapier ausgelegt wurde, verteilen und den Feta darüber mit den Fingern zerbröseln. Die Pinienkerne ebenfalls darüber geben und mit Olivenöl beträufeln. Mit Salz und Pfeffer würzen.
6. Den Brokkoli im Backofen bei 225°C für zehn Minuten backen und anschließend mit dem Curry-Dip servieren.

Flammkuchen mit Pflaumen und Rote Bete (2 Portionen)

BESTENS VERSORGT

Der Ziegenfrischkäse in diesem Rezept versorgt dich mit wichtigem Eiweiß. Die Rote Bete und die Pflaumen haben durch die sekundären Pflanzenstoffe eine entzündungshemmende Wirkung und schützen deine Zellen.

ZUBEREITUNGSZEIT | 40 MINUTEN

ZUTATEN

- 205 g Dinkelmehl
- 1/2 Pck. Trockenhefe
- 25 g Margarine
- 1/2 TL Honig
- 1 Zweig Thymian
- 100 g Ziegenfrischkäse
- 1 Rote Bete (vorgegart)
- 1 Frühlingszwiebel
- 2 rote Pflaumen
- 25 g Walnusskerne
- 2 EL Rapsöl
- Salz und Pfeffer

ZUBEREITUNG

1. Das Mehl mit der Hefe, der Margarine, dem Honig sowie 250 ml lauwarmem Wasser vermengen und zu einem Teig kneten. Diesen eine Stunde lang an einem warmen Ort gehen lassen.
2. Anschließend den Teig auf einer bemehlten Arbeitsfläche zu zwei Fladen ausrollen und diese auf jeweils ein Backblech, welches mit Backpapier belegt ist, geben.
3. Den Thymian waschen und trockenschütteln. Blättchen abzupfen und unter den Ziegenfrischkäse geben. Diesen mit Salz und Pfeffer würzen und auf den beiden Flammkuchen verstreichen.
4. Die gegarte Rote Bete in dünne Scheiben schneiden. Die Pflaumen waschen, entkernen und ebenfalls in dünne Scheiben schneiden. Die Frühlingszwiebel ebenfalls waschen und in dünne Ringe schneiden. Die Walnüsse grob zerhacken.
5. Die Rote Bete und die Pflaumen auf den Ziegenfrischkäse legen und mit der Frühlingszwiebel bestreuen.
6. Flammkuchen im Backofen bei 220°C für ungefähr 15-20 Minuten knusprig backen. Anschließend nach Belieben mit Salz und Pfeffer würzen.

Spitzkohl-Schupfnudeln (2 Portionen)

BESTENS VERSORGT

Spitzkohl eignet sich hervorragend für einen empfindlichen oder angegriffenen Magen.

ZUBEREITUNGSZEIT | 20 MINUTEN

ZUTATEN

- 400 g Schupfnudeln (aus dem Kühlregal)
- 1/2 Zwiebel
- 1/2 Spitzkohl
- 1/2 EL Olivenöl
- 1/2 TL Apfelessig
- 25 ml Gemüsebrühe
- 1 EL Butter
- Salz und Pfeffer

ZUBEREITUNG

1. Die Zwiebel schälen und in Streifen schneiden.
2. Den Spitzkohl waschen und ebenfalls in dünne Streifen schneiden.
3. Das Öl in einer Pfanne erhitzen und darin erst die Zwiebel und anschließend den Spitzkohl einige Minuten lang dünsten.
4. Mt der Gemüsebrühe und dem Essig ablöschen und mit Salz und Pfeffer würzen. Spitzkohl und Zwiebeln aus der Pfanne nehmen und beiseitestellen.
5. Die Butter in der Pfanne erhitzen und die Schupfnudeln darin knusprig braten.
6. Schupfnudeln mit dem Spitzkohl vermengen und mit Salz und Pfeffer würzen.

Marinierter Mozzarella auf Couscous (2 Portionen)

BESTENS VERSORGT

Dieses Rezept versorgt dich mit viel Calcium, Vitaminen der B-Gruppe sowie Vitamin A und E.

ZUBEREITUNGSZEIT | 20 MINUTEN

ZUTATEN

- 120 g Büffelmozzarella
- 2 Stiele Petersilie
- 2 Stiele Basilikum
- 4 TL Olivenöl
- 2 TL Zitronensaft
- 100 g Couscous
- 1 gelbe Paprikaschote
- 1/2 Zwiebel
- 10 Kirschtomaten
- 2 Zweige Thymian
- 2 EL heller Balsamessig
- 30 g Pinienkerne

ZUBEREITUNG

1. Mozzarella kleinzupfen und in eine Schüssel geben.
2. Petersilie und Basilikum waschen, trockenschütteln und feinhacken. Mit einer Prise Salz, dem Zitronensaft sowie der Hälfte des Olivenöls auf den Mozzarella geben und diesen 10-15 Minuten lang ziehen lassen.
3. Den Couscous währenddessen nach Angaben der Verpackung garen und aufquellen lassen.
4. Währenddessen die Paprika waschen, entkernen und in Würfel schneiden.
5. Die Zwiebel schälen und feinhacken. Die Tomaten waschen und halbieren.
6. Das restliche Olivenöl in einer Pfanne erhitzen und Paprika, Tomaten und Zwiebel darin scharf anbraten. Den Thymian waschen und die Blätter abzupfen und ebenfalls in die Pfanne geben. Mit Salz und Pfeffer würzen und mit Essig ablöschen.

Knusprige Pizzabrötchen (2 Portionen)

BESTENS VERSORGT

Dieses Rezept punktet mit vielen B-Vitaminen aus den Vollkornbrötchen. Auch die Tomaten wirken antioxidativ und beschützen dich und dein Kind somit vor schädlichen Umwelteinflüssen.

ZUBEREITUNGSZEIT | 20 MINUTEN

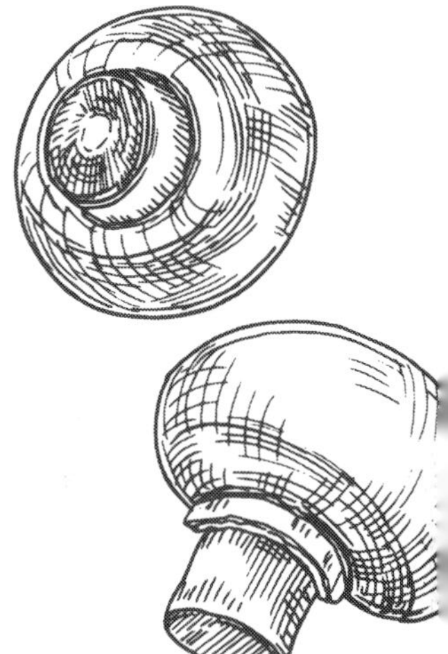

ZUTATEN

- 2 Vollkornbrötchen
- 1/2 Zwiebel
- 1/2 rote Paprikaschote
- 75 g Champignons
- 50 g Cocktailtomaten
- 100 g Schmand
- 1 EL Tomatenmark
- 75 g Gouda
- 2 EL Basilikum (getrocknet)
- 1/2 TL Oregano (getrocknet)
- Salz und Pfeffer

ZUBEREITUNG

1. Die Zwiebel schälen und feinhacken. Den Mais in einem Sieb abgießen. Die Paprika waschen, entkernen und in Würfel schneiden. Die Champignons putzen und in dünne Scheiben schneiden. Die Tomaten waschen, den Strunk entfernen und in Viertel schneiden.
2. Das Tomatenmark mit dem Schmand vermengen und mit Salz, Pfeffer, Oregano und Basilikum würzen.
3. Den Käse reiben und die Hälfte davon unter den Schmand geben.
4. Die Brötchen aufschneiden und die Hälften mit dem Schmand bestreichen.
5. Nun nach Belieben mit Zwiebel, Mais, Paprika, Champignons und Tomaten belegen und mit dem restlichen Käse bestreuen.
6. Bei 200°C für ungefähr 15 Minuten backen.

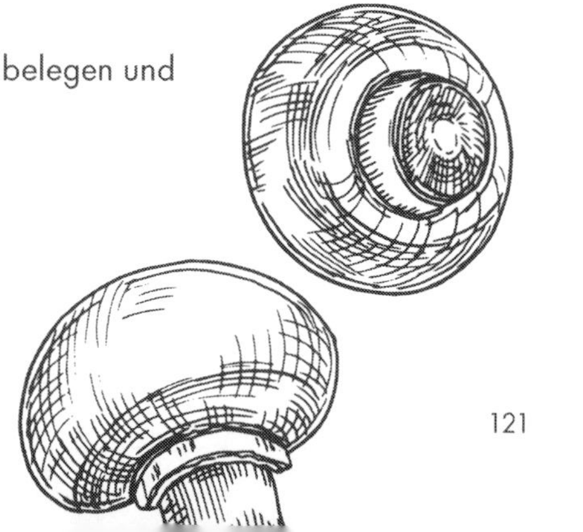

Süßkartoffel-Pfanne mit Rosenkohl (2 Portionen)

BESTENS VERSORGT

Süßkartoffeln sind reich an Calcium, Eisen, Kalium, Phosphor und Folsäure. Der Rosenkohl steuert eine gute Portion Vitamin C dazu.

ZUBEREITUNGSZEIT | 30 MINUTEN

ZUTATEN

- 400 g Süßkartoffeln
- 400 g Rosenkohl
- 2 Schalotten
- 1 Knoblauchzehe
- 1 TL Thymian
- 1 EL Balsamico
- 2 EL Petersilie, gehackt
- 1 EL Olivenöl
- 1 Prise Zucker

ZUBEREITUNG

1. Die Süßkartoffeln waschen und schälen. Für 10-15 Minuten in reichlich Salzwasser garen.
2. Den Rosenkohl putzen und den Strunk kreuzförmig einschneiden. Einen zweiten Topf mit Salzwasser zum Kochen bringen und den Rosenkohl mit der Prise Zucker darin für zehn Minuten bissfest garen.
3. Süßkartoffeln und Rosenkohl anschließend abgießen und abtropfen lassen.
4. Das Öl in einer Pfanne erhitzen und die Süßkartoffeln darin anbraten.
5. Die Schalotten und den Knoblauch schälen und in Würfel schneiden. Zu den Süßkartoffeln geben und ebenfalls andünsten.
6. Nun den Rosenkohl und den Thymian hinzugeben und untermengen.
7. Mit Balsamico, Salz und Pfeffer würzen und vor dem Servieren mit der gehackten Petersilie garnieren.

Zoodles mit Radicchio (2 Portionen)

BESTENS VERSORGT

Dieses Rezept ist wunderbar leicht und versorgt dich dank der Pinienkerne und des Öls mit ungesättigten Fettsäuren und Vitamin E.

ZUBEREITUNGSZEIT | 10 MINUTEN

ZUTATEN

- 30 g Pinienkerne
- 2 Radicchio
- 600 g Zucchini
- 1 EL Olivenöl
- 1 Bio-Zitrone
- 1 EL Walnussöl
- Salz und Pfeffer

ZUBEREITUNG

1. Die Pinienkerne in einer Pfanne ohne Öl anrösten, anschließend beiseitestellen und abkühlen lassen.
2. Den Radicchio waschen und in Streifen schneiden.
3. Die Zucchini waschen, die Enden entfernen und mithilfe eines Spiralschneiders oder Sparschälers in dünne Streifen schneiden.
4. Den Knoblauch schälen und feinhacken, die Zitrone heiß abwaschen und einen Teelöffel der Schale abreiben. Den Saft in eine Schüssel auspressen.
5. Das Olivenöl in einer Pfanne erhitzen und den Knoblauch sowie den Radicchio darin zwei Minuten lang dünsten. Anschließend vom Herd nehmen und den Zitronensaft, den Abrieb, das Walnussöl sowie die Zucchini-Nudeln hinzugeben.
6. Alle Zutaten gründlich miteinander vermengen und vor dem Servieren mit den Pinienkernen garnieren.

Warmer Röstgemüse-Salat (2 Portionen)

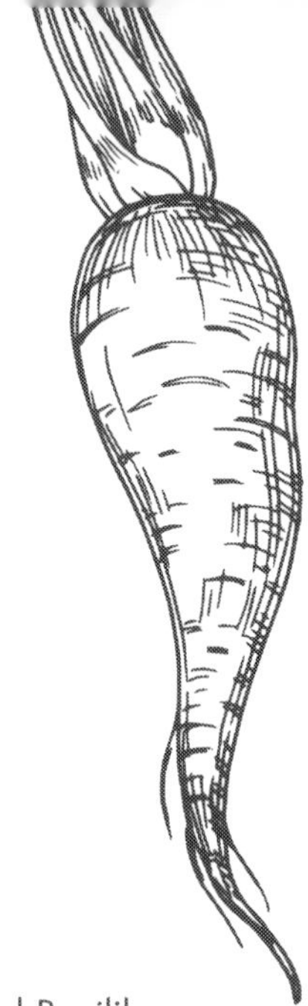

BESTENS VERSORGT

Dieser warme Salat punktet mit vielen sekundären Pflanzenstoffen.
Die Nüsse und Kerne in diesem Rezept versorgen dich darüber hinaus mit pflanzlichem Eiweiß.

ZUBEREITUNGSZEIT | 20 MINUTEN

ZUTATEN

- 1 Möhre
- 1/2 Zucchini
- 150 g Süßkartoffeln
- 1 rote Paprika
- 2 getrocknete Tomaten
- 1/2 Zwiebel
- 1/2 Knoblauchzehe
- 40 g gemischte Nüsse
- 1 EL gemischte Kerne (Sonnenblumen- und Kürbiskerne)
- 60 g Rucola
- 1/2 Bund Petersilie und Basilikum
- 1 EL dunkler Balsamessig
- 1 EL Olivenöl
- Salz und Pfeffer

ZUBEREITUNG

1. Möhre und Zucchini gründlich waschen und in Würfel schneiden.
2. Die Süßkartoffeln waschen, schälen und ebenfalls in Würfel schneiden.
3. Die Paprika waschen, entkernen und in Spalten schneiden.
4. Die Zwiebel und den Knoblauch schälen und feinhacken. Die getrockneten Tomaten in Streifen schneiden.
5. Den Rucola waschen und trockenschütteln. Petersilie und Basilikum ebenfalls waschen, trockenschütteln und anschließend feinhacken.
6. Nüsse und Kerne mit einem Messer grob zerhacken.
7. Das Öl in einer großen Pfanne erhitzen und zunächst Zwiebel und Knoblauch darin andünsten.
8. Anschließend Möhre und Süßkartoffeln hinzugeben und zehn Minuten lang auf mittlerer Hitzestufe garen.
9. Nun die Zucchini und die Paprika hinzugeben und weitere fünf Minuten garen.
10. Das warme Gemüse auf zwei Tellern verteilen und mit dem Rucola, den Nüssen und Kernen, den getrockneten Tomaten garnieren. Etwas Balsamessig überträufeln und mit Salz und Pfeffer würzen.

Mexikanische Bowl (2 Portionen)

BESTENS VERSORGT

Dieses frische Rezept versorgt dich durch die Avocado mit Vitamin E, während der Mais Kalium beisteuert, welches blutdruckregulierend wirkt und den Wasserhaushalt im Körper ausgleicht.

ZUBEREITUNGSZEIT | 20 MINUTEN

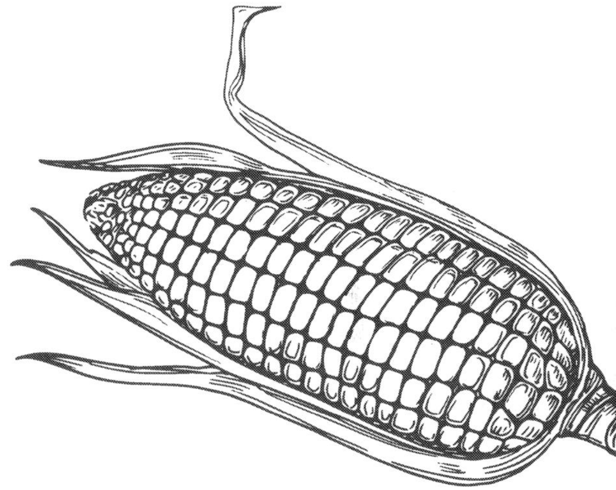

ZUTATEN

- 125 g Naturreis
- 1 Avocado
- 1 Bio-Limette
- 1/2 rote Zwiebel
- 1/4 Bund Koriander
- 125 g Kirschtomaten
- 1/2 gelbe Paprikaschote
- 100 g Mais
- 100 g Kidneybohnen
- Salz und Pfeffer

ZUBEREITUNG

1. Den Reis in reichlich Salzwasser nach Angaben der Verpackung zum Kochen bringen und acht bis zehn Minuten lang garen.
2. Währenddessen die Avocado halbieren und aus der Schale nehmen. Den Kern entfernen und die Avocado mithilfe einer Gabel zerdrücken.
3. Die Limette heiß waschen und den Saft auspressen. Den Koriander waschen, trockenschütteln und feinhacken. Die Zwiebel schälen und ebenfalls feinhacken.
4. Die pürierte Avocado mit der Zwiebel und dem Koriander vermengen und mit Salz, Pfeffer sowie dem Limettensaft abschmecken.
5. Die Tomaten waschen, den Strunk entfernen und vierteln. Die Paprika ebenfalls waschen, das Kerngehäuse entfernen und in Würfel schneiden. Mais und Bohnen abgießen.
6. Den Reis auf zwei Schalen verteilen und mit den Tomaten, der Paprika, dem Mais und den Bohnen belegen. Mit der Guacamole garnieren und nach Belieben mit Koriander, Salz, Pfeffer und Limettensaft würzen.

Erbsen-Püree mit Kresse (2 Portionen)

BESTENS VERSORGT

Darf es einmal grün werden? Dieses frische Erbsenpüree hat viele Ballaststoffe und eine gute Portion pflanzliches Eiweiß für dich im Petto!

ZUBEREITUNGSZEIT | 20 MINUTEN

ZUTATEN

- 250 g Erbsen (tiefgekühlt)
- 1 Knoblauchzehe
- 1 Bio-Zitrone
- 1 Zwiebel
- 1 EL Olivenöl
- 4 EL Sojacreme
- 1 Kästchen Gartenkresse
- Salz und Pfeffer

ZUBEREITUNG

1. Knoblauch und Zwiebel schälen und feinhacken. Die Zitrone heiß abwaschen und die Schale abreiben. Eine Hälfte der Zitrone auspressen und den Saft auffangen.
2. Die Erbsen auftauen.
3. Das Öl in einer Pfanne erhitzen und zunächst Zwiebel und Knoblauch darin andünsten. Anschließend die Erbsen hinzugeben und ebenfalls anbraten.
4. Einen Esslöffel des Zitronensafts sowie zwei Esslöffel Wasser hinzugeben und alles zwei Minuten lang köcheln lassen.
5. Die Sojacreme einrühren und alle Zutaten einmal aufkochen lassen.
6. Den Inhalt der Pfanne in ein hohes Gefäß geben und mit einem Pürierstab zerkleinern. Nach Belieben mit Salz und Pfeffer würzen.
7. Die Kresse waschen und kleinschneiden. Als Garnitur auf das Erbsenpüree geben.

Kürbis-Ratatouille (2 Portionen)

BESTENS VERSORGT

Kürbis verfügt über wertvolle Pflanzenfarbstoffe, die uns vor Zellschädigungen durch freie Radikale schützen. Darüber hinaus ist dieses Rezept einfach lecker und einfach zubereitet.

ZUBEREITUNGSZEIT | 50 MINUTEN

ZUTATEN

- 250 g Hokkaido-Kürbis
- 1 rote Paprika
- 1 grüne Paprika
- 2 Tomaten
- 1 Zucchini
- 1/2 Zwiebel
- 2 Knoblauchzehen
- 1 EL Olivenöl
- 200 ml Gemüsebrühe
- 1 Zweig Thymian
- 1 Zweig Basilikum
- Salz und Pfeffer

ZUBEREITUNG

1. Den Kürbis waschen, schälen und in kleine Stücke schneiden.
2. Die Paprika ebenfalls waschen, das Kerngehäuse entfernen und in Würfel schneiden.
3. Die Tomaten waschen und mit kochendem Wasser übergießen. Anschließend in kaltes Wasser geben und die Haut abziehen. Das Fruchtfleisch in Würfel schneiden.
4. Die Zucchini ebenfalls waschen und in dünne Scheiben schneiden.
5. Die Zwiebel und den Knoblauch schälen und feinhacken.
6. Das Öl in einem Topf erhitzen und den Knoblauch und die Zwiebel darin zwei Minuten lang andünsten.
7. Anschließend den Kürbis, die Paprika, die Tomaten und die Zucchini hinzugeben und scharf anbraten. Mit der Gemüsebrühe ablöschen und 10-15 Minuten lang köcheln lassen.
8. Währenddessen Thymian und Basilikum waschen, trockenschütteln und die Blätter abzupfen.
9. Die Kräuter zum Gemüse in den Topf geben und mit Salz und Pfeffer würzen.

Snacks & Zwischenmahlzeiten

Deftiger Lachs-Dip (2 Portionen)

BESTENS VERSORGT

Roher Lachs darf während einer Schwangerschaft zwar nicht verzehrt werden, dieses Rezept mit gegartem Lachs jedoch versorgt euch mit wichtigen Omega-3-Fettsäuren und schmeckt als Dip oder Aufstrich besonders gut.

ZUBEREITUNGSZEIT | 20 MINUTEN

ZUTATEN

- 1/2 Bio-Orange
- 100 g Lachsfilet
- 100 g Magerquark
- 3 EL Leinöl
- 1 Prise Dill
- Salz und Pfeffer

ZUBEREITUNG

1. Orange heiß abwaschen und anschließend abtrocknen. Die Schale abreiben und den Saft in ein Glas auspressen.
2. Lachs waschen und ebenfalls vorsichtig trockentupfen. In kleine Stücke schneiden und mit einer Prise Salz bestreuen.
3. Den Orangensaft in einem kleinen Kochtopf aufkochen und die Lachs-Würfel hinzugeben, zwei Minuten lang köcheln lassen, anschließend beiseitestellen und abkühlen lassen.

4. Dill waschen, trockenschütteln und die Blättchen abzupfen.
5. Den kühlen Lachs mit Leinöl und Quark vermengen und mit Salz und Pfeffer würzen.
6. Oangenabrieb hinzugeben und mithilfe eines Pürierstabs zu einer streichbaren Masse verarbeiten.
7. Mit Dill bestreuen und im Kühlschrank lagern (der Aufstrich hält sich im Kühlschrank ungefähr fünf Tage lang).

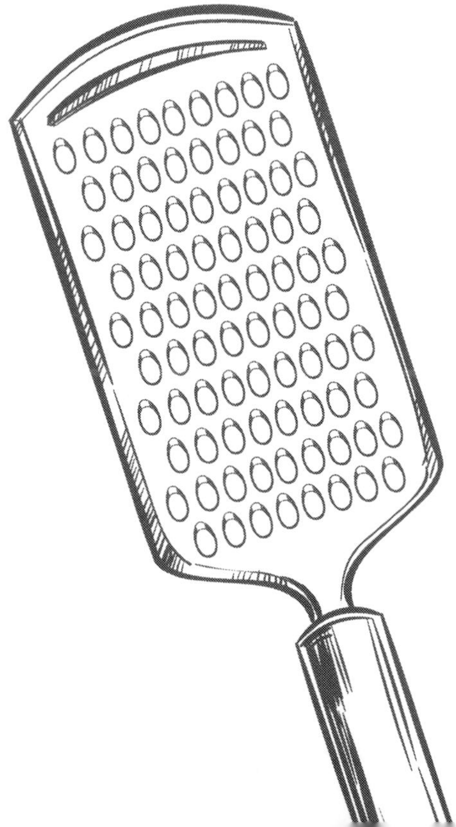

Paprika-Rindfleisch-Pfanne (2 Portionen)

BESTENS VERSORGT

Paprika enthält viel Vitamin C, welches deinem Körper hilft, das Eisen aus dem Rindfleisch aufzunehmen. Achte auf jeden Fall darauf, das Rindfleisch vollkommen durchzubraten.

ZUBEREITUNGSZEIT | 1 STUNDE, 20 MINUTEN

ZUTATEN

- 250 g Rinderhüftsteak
- 1 kleine Zwiebel
- 1 rote Paprika
- 2 EL Olivenöl
- 1 Prise Paprikapulver
- Eine Handvoll gehackter Rosmarin und Thymian
- Salz und Pfeffer

ZUBEREITUNG

1. Das Rindfleisch unter fließendem Wasser reinigen und trockentupfen. Anschließend in dünne Streifen schneiden.
2. Die Zwiebel schälen und kleinhacken.
3. Die Paprika gründlich waschen, das Kerngehäuse entfernen und in dünne Streifen schneiden.
4. Die Kräuter waschen, trockenschütteln und kleinhacken. Das Fleisch mit den Kräutern und dem Öl vermengen und eine Stunde lang marinieren lassen.
5. Paprika und Zwiebel in der Pfanne andünsten und mit Salz und Pfeffer würzen.
6. Tortillas mit Salat, Tomate, Möhre und dem Hühnerbrustfilet belegen.
7. Das marinierte Fleisch hinzugeben und komplett durchbraten.

Koriander-Hähnchenspieße (2 Portionen)

BESTENS VERSORGT

Kleine Mengen Koriander sind während der Schwangerschaft absolut kein Problem und deswegen schmeckt dieses Rezept einfach lecker und versorgt dich mit einer guten Portion Eiweiß!

ZUBEREITUNGSZEIT | 20 MINUTEN

ZUTATEN

- 300 g Hähnchenbrustfilets
- 2 EL Olivenöl
- 1 TL Limettensaft
- 1 Prise Koriander
- 1 Prise Pfeffer
- 1 TL rote Pfefferbeeren
- Salz
- 4 Holzspieße

ZUBEREITUNG

1. Das Fleisch unter fließendem Wasser reinigen und anschließend trockentupfen.
2. Mit einem scharfen Messer in sechs bis acht dünne Streifen schneiden.
3. Pfeffer, Koriander und die roten Pfefferbeeren in einem Mörser zermahlen und miteinander vermengen.
4. Das Öl und den Limettensaft mit den Gewürzen sowie Salz vermengen und die Fleisch-Stücke eine halbe Stunde lang darin marinieren lassen.
5. Nun das Fleisch in Wellenform auf die Holzspieße drücken und mit der übrigen Marinade in einer Pfanne anbraten, bis das Fleisch vollständig gar ist.

Putensalat mit Honig-Senf-Dressing (2 Portionen)

BESTENS VERSORGT

Putenfleisch gilt als ein eiweißreiches Fleisch. Achte aber immer auf eine regionale und Bio-Qualität des Fleisches!

ZUBEREITUNGSZEIT | 20 MINUTEN

ZUTATEN

- 1/2 Dose Mais
- 3 Cocktailtomaten
- 1/2 Endiviensalat
- 1 Möhre
- 1/2 Gurke
- 500 g Putenfleisch
- 1/2 EL Paprikapulver
- 2 EL Olivenöl
- 2 EL (veganen) Joghurt
- 1/2 TL Senf
- 1 EL Balsamico

ZUBEREITUNG

1. Den Salat, die Tomaten, die Möhre und die Gurke gründlich waschen und kleinschneiden.
2. Aus einem Esslöffel Olivenöl, dem Joghurt, dem Senf und dem Balsamico ein Dressing erstellen und dieses ziehen lassen.
3. Das Fleisch gründlich waschen und trockentupfen. Anschließend in Streifen schneiden und mit Salz, Pfeffer sowie dem Paprikapulver würzen.
4. Das restliche Öl in einer Pfanne erhitzen und die Putenbrust-Streifen darin gründlich durchbraten.
5. Das Gemüse und den Salat auf zwei Tellern anrichten und mit den Putenstreifen belegen. Mit dem Dressing garnieren.

Ei-Kräuter-Dip (2 Portionen)

BESTENS VERSORGT

Eier beinhalten nicht nur reichlich Eiweiß, sie versorgen den Körper außerdem mit Lecithin, Vitamin B12, Eisen, Zink und Calcium – und sie machen lange satt.

ZUBEREITUNGSZEIT | 15 MINUTEN

ZUTATEN

- 2 Eier
- 1/4 Bund Petersilie
- 1/4 Bund Schnittlauch
- 1-2 EL Senf
- Salz und Pfeffer

ZUBEREITUNG

1. Die Eier im kochenden Wasser für ungefähr acht Minuten hart kochen. Abschließend mit kaltem Wasser abschrecken und pellen.
2. Die Kräuter unter fließendem Wasser waschen und anschließend trockentupfen. Mit einem Messer kleinhacken.
3. Ein Ei halbieren und eine Hälfte in kleine Würfel schneiden.
4. Das restliche Ei zusammen mit den Kräutern und dem Senf in einem Standmixer zu einer cremigen Konsistenz pürieren.
5. Die Eier-Würfel unter den Dip heben und mit Salz und Pfeffer abschmecken.

DIY-Müsliriegel (für 40 Riegel)

BESTENS VERSORGT

Diese Müsli-Schnitten zum Selbermachen versorgt dich mit Energie und macht dich schnell satt.

ZUBEREITUNGSZEIT | 1 STUNDE, 10 MINUTEN

ZUTATEN

- 100 g Apfelringe, getrocknet
- 100 g Haferflocken (Feinblatt)
- 100 g Buchweizen
- 100 g gepoppter Amaranth
- 300 g Apfelmus
- 100 g Walnusskerne
- 50 g Butter
- 2 EL Honig

ZUBEREITUNG

1. Backofen auf 150°C (Umluft) vorheizen.
2. Apfelringe kleinhacken und mit dem Apfelmus vermengen. Kurz quellen lassen und anschließend fein pürieren.
3. Nüsse währenddessen klein hacken.
4. Butter, Honig und das Apfelmus zu einer cremigen Konsistenz verrühren.
5. Nüsse, Haferflocken, Buchweizen und Amaranth ebenfalls unterheben.
6. Backblech mit Backpapier auslegen und die Masse auf diesem verstreichen (ca. 1 cm hoch). Eine halbe Stunde lang backen.
7. Die Müsli-Masse aus dem Ofen nehmen und noch warm zu Streifen schneiden.
8. Die Müsli-Riegel lassen sich mindestens einen Monat lang in einer Keksdose aufbewahren.

Rucola-Ricotta-Wrap (2 Portionen)

BESTENS VERSORGT

Der Rucola in diesem Rezept versorgt dich mit Vitaminen, Eisen, Magnesium und Zink. Darüber hinaus schmeckt er einfach herrlich nussig-scharf.

ZUBEREITUNGSZEIT | 10 MINUTEN

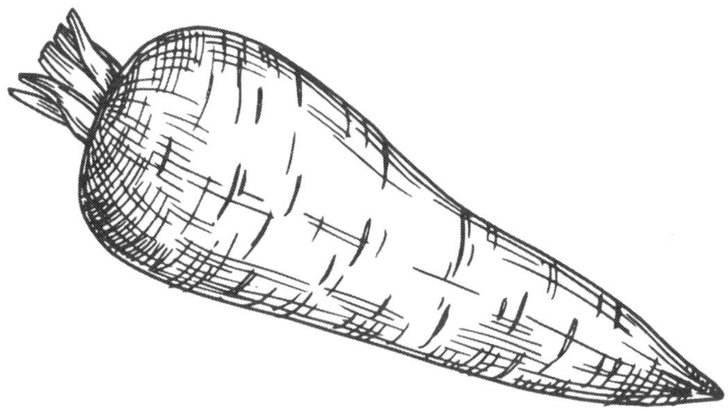

ZUTATEN

- 2 Mais-Tortillas
- 2 Handvoll Rucola
- 1 große Möhre
- 6 EL Ricotta (aus pasteurisierter Milch)
- Salz und Pfeffer

ZUBEREITUNG

1. Den Rucola verlesen, waschen und trockenschütteln.
2. Die Möhre ebenfalls waschen, die Schale entfernen und mit einer Handreibe zu Raspeln verarbeiten.
3. Die Tortilla-Wraps auf zwei Teller geben und mit dem Ricotta bestreichen.
4. Den Rucola nun auf die Wraps geben und mit den Möhrenraspeln bestreuen.
5. Mit Salz und Pfeffer würzen und die Teigränder so einschlagen, dass ein kleines Wrap-Paket entsteht.

Linsen-Tomaten-Suppe (2 Portionen)

BESTENS VERSORGT

Diese Suppe stellt nicht nur eine leichte Zwischenmahlzeit dar, die Linsen in diesem Rezept versorgen dich auch mit Folsäure, die einen wichtigen Baustein im Wachstumsprozess deines Kindes spielt!

ZUBEREITUNGSZEIT | 25 MINUTEN

ZUTATEN

- 100 g rote Linsen
- 100 g Cocktailtomaten
- 1 Stange Porree
- 200 g gehackte Tomaten (aus der Dose)
- EL saure Sahne
- 250 ml Gemüsebrühe
- 1 EL Pflanzenöl
- Cayennepfeffer
- 1 Handvoll Basilikum
- Salz und Pfeffer

ZUBEREITUNG

1. Den Porree waschen und in dünne Ringe schneiden.
2. Die Cocktailtomaten ebenfalls gründlich waschen und in Viertel schneiden.
3. Die Basilikum-Blätter unter fließendem Wasser waschen und trockenschütteln, kleinhacken.
4. Öl in einem Kochtopf erhitzen und darin den Porree scharf anbraten. Anschließend mit der Gemüsebrühe ablöschen.
5. Gehackte Tomaten, frische Tomaten und die Linsen zur Brühe geben und 15 Minuten lang auf niedriger Hitzestufe köcheln lassen. Gehacktes Basilikum unterrühren.
6. Mit Salz, Pfeffer und Cayennepfeffer würzen und mit etwas saurer Sahne garnieren.

Kohlrabi-Kartoffel-Suppe (2 Portionen)

BESTENS VERSORGT

Kohlrabi in diesem Rezept ist voller Vitamine und Mineralstoffe und die Kartoffeln sorgen dafür, dass du schnell satt bist.

ZUBEREITUNGSZEIT | 40 MINUTEN

ZUTATEN

- 1 Kohlrabi
- 1 Zwiebel
- 400 g Kartoffeln
- 500 ml Gemüsebrühe
- 100 ml Sahne
- 1/2 Bund Petersilie
- 1 EL Pflanzenöl
- Salz und Pfeffer

ZUBEREITUNG

1. Die Petersilie waschen, trockenschütteln und feinhacken.
2. Die Kartoffeln und Kohlrabi waschen, schälen und in Würfel schneiden.
3. Die Zwiebel schälen und ebenfalls in kleine Würfel schneiden.
4. Das Öl in einem Kochtopf erhitzen und die Zwiebel darin andünsten.
5. Kartoffel und Kohlrabi hinzugeben und einige Minuten anschwitzen. Mit der Gemüsebrühe ablöschen.
6. Die Suppe 25 Minuten lang köcheln lassen und mit Salz und Pfeffer würzen.
7. Mithilfe eines Pürierstabs zu einer cremigen Konsistenz pürieren und die Petersilie sowie die Sahne einrühren.

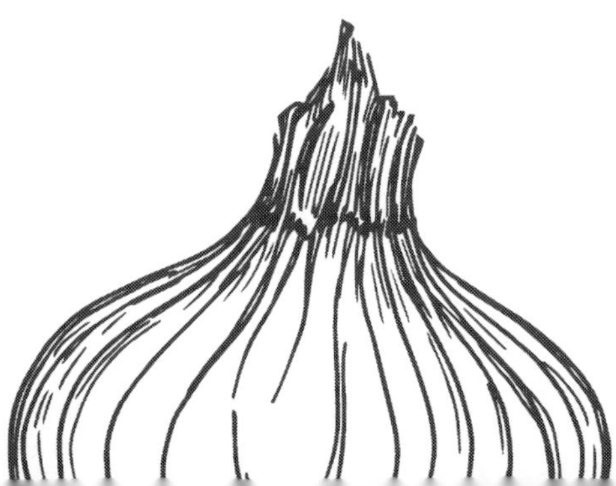

Bruschetta (2 Portionen)

BESTENS VERSORGT

Dieses Rezept versorgt dich nicht nur mit Italien-Stimmung, sondern auch mit Folsäure, die sich zum Beispiel in den Tomaten versteckt.

ZUBEREITUNGSZEIT | 15 MINUTEN

ZUTATEN

- 3 Fleischtomaten
- 1 Ciabatta-Brot (alternativ: Vollkorn-Baguette)
- 1 Knoblauchzehe
- 2 EL Olivenöl
- Eine Handvoll Basilikumblätter
- Salz und Pfeffer

ZUBEREITUNG

1. Den Backofen auf 200°C (Umluft) vorheizen.
2. Die Tomaten waschen, den Strunk entfernen und das Fruchtfleisch in kleine Würfel schneiden.
3. Den Knoblauch schälen und feinhacken.
4. Tomatenwürfel, Knoblauch, Öl, Salz und Pfeffer in einer Schüssel miteinander vermengen. Basilikum waschen, trockentupfen, kleinhacken und ebenfalls unterheben.
5. Ein Backblech mit Backpapier auslegen.
6. Ciabatte in dicke Scheiben schneiden und nach Belieben mit etwas Öl beträufeln.
7. Die Ciabatta-Scheiben zehn Minuten lang im Ofen rösten.
8. Anschließend mit den Tomaten belegen.

Hirsesalat (2 Portionen)

BESTENS VERSORGT

Bei Hirse handelt es sich um Getreide, welches besonders reich an Folsäure und Eisen ist.

ZUBEREITUNGSZEIT | 15 MINUTEN

ZUTATEN

- 100 g Hirse
- 1/2 Bund Petersilie
- 1Ei (gekocht und in kleine Würfel gehackt)
- 3 EL Haferflocken
- 1 EL Olivenöl
- 2 EL Zitronensaft
- 1 Prise Paprikapulver
- Salz und Pfeffer

ZUBEREITUNG

1. Die Petersilie unter fließendem Wasser waschen, anschließend trockenschütteln und feinhacken.
2. Die Hirse nach Angaben der Packung in reichlich Salzwasser garen. Das Wasser anschließend abgießen und die Hirse abkühlen lassen.
3. Ei, Haferflocken, Sesam und die gehackte Petersilie gemeinsam mit der Hirse in eine große Schüssel geben.
4. Das Öl und den Zitronensaft untermengen und mit Salz, Pfeffer und Paprikagewürz abschmecken.
5. Den Salat mindestens eine Stunde ziehen lassen.

Marinierte Zucchini-Scheiben (2 Portionen)

BESTENS VERSORGT

Zucchini ist sehr gesund und enthält Calcium, Eisen, Folsäure, Vitamin C und Beta-Carotin.

ZUBEREITUNGSZEIT | 10 MINUTEN

ZUTATEN

- 750 g Zucchini
- 3 Stiele Minze
- 1/2 Bio-Zitrone
- 1 EL Ahornsirup
- 2 EL Olivenöl
- Salz und Pfeffer

ZUBEREITUNG

1. Die Minze waschen, trockenschütteln, die Blätter abzupfen und diese feinhacken.
2. Die Zucchini ebenfalls gründlich waschen und in dünne Scheiben schneiden.
3. Die Zitrone auspressen und den Saft mit einem Esslöffel des Öls, dem Ahornsirup und der Minze vermengen.
4. Das übrige Öl in einer Pfanne erhitzen und die Zucchinischeiben darin von beiden Seiten scharf anbraten.
5. Nun die Marinade auf die Zucchinischeiben streichen und diese erneut anbraten.

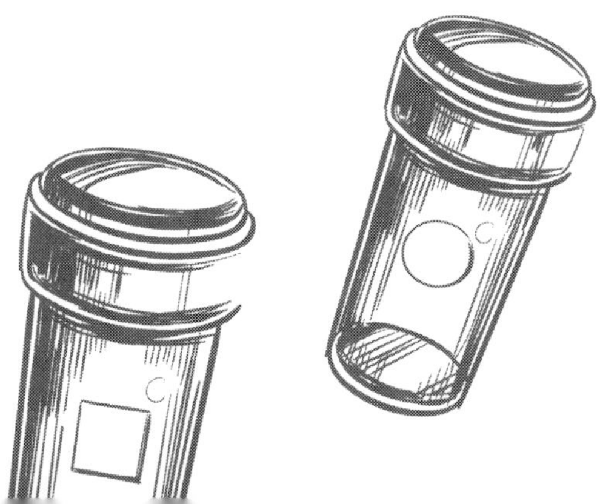

Tomaten-Spargel-Salat (2 Portionen)

BESTENS VERSORGT

Spargel besitzt eine Vielzahl an Ballaststoffen und weist den höchsten Folsäure-Gehalt aller Gemüsesorgen auf! Darüber hinaus hat Spargel eine entwässernde Wirkung.

ZUBEREITUNGSZEIT | 15 MINUTEN

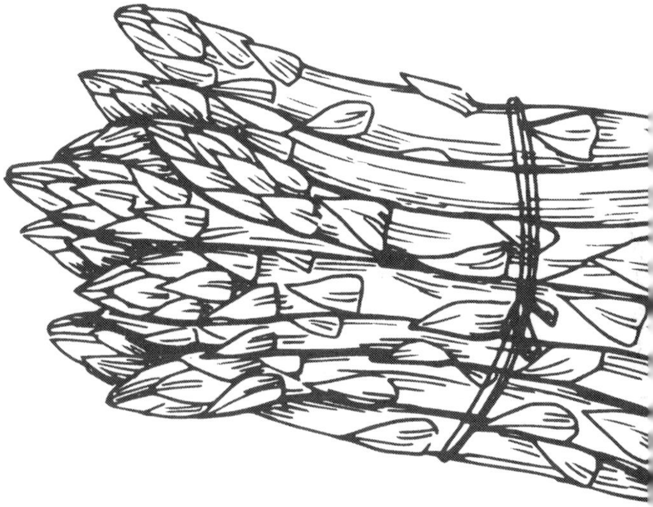

ZUTATEN

- 500 g weißer Spargel
- 200 g Kirschtomaten
- 1 Bio-Zitrone
- 1 Bund Dill
- 2 EL Olivenöl
- TL Agavendicksaft
- Salz und Pfeffer

ZUBEREITUNG

1. Den Saft der Zitrone auspressen.
2. Die Tomaten waschen und in Viertel schneiden.
3. Den Dill ebenfalls waschen, trockenschütteln und feinhacken.
4. Den Spargel waschen, schälen, die hölzernen Enden abtrennen und in 2 cm lange Stücke schneiden.
5. Reichlich Salzwasser zum Kochen bringen und den Spargel darin ungefähr sechs Minuten lang kochen. Das Wasser abschließend abgießen und den Spargel in eine Salatschüssel geben.
6. Tomaten und Dill hinzugeben und mit Zitronensaft, Olivenöl und Dill bedecken.
7. Mit Salz und Pfeffer würzen und alle Zutaten miteinander vermengen.

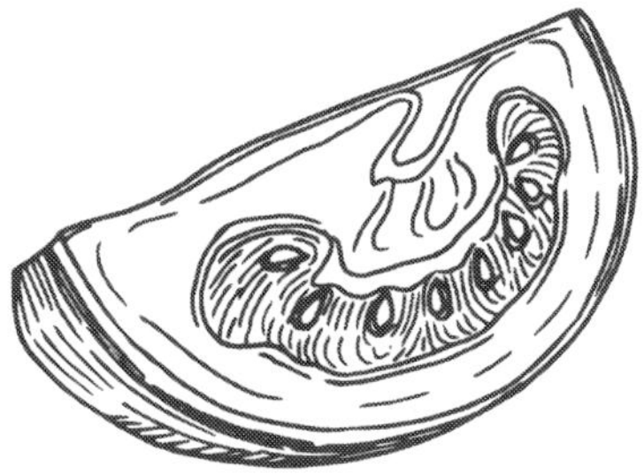

Bunter Rohkostsalat (2 Portionen)

BESTENS VERSORGT

Rohkost ist überaus gesund in der Schwangerschaft, denn ohne eine Zubereitung mit Hitze bleiben die kostbaren Nährstoffe enthalten. Achte jedoch dringend darauf, alle Zutaten gründlich zu waschen!

ZUBEREITUNGSZEIT | 10 MINUTEN

ZUTATEN

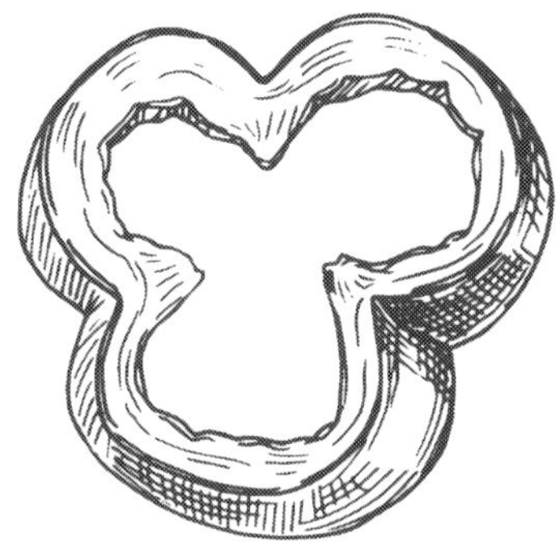

- 150 g Rucola
- 1 Paprika
- 1 Möhre
- 250 g Cocktailtomaten
- 3 EL Salatkernmischung
- 1/2 Bio-Zitrone
- 2 EL Olivenöl
- Salz und Pfeffer

ZUBEREITUNG

1. Rucola, Paprika, Möhre und Tomaten gründlich unter fließendem Wasser waschen.
2. Die Paprika entkernen und in Würfel schneiden.
3. Die Möhre schälen und in Scheiben schneiden.
4. Den Strunk der Tomaten entfernen und diese vierteln.
5. Rucola, Paprika, Möhre und Tomaten in eine Schüssel geben und mit der Salatkernmischung bestreuen.
6. Den Saft der Zitrone auspressen und mit dem Olivenöl vermengen. Mit Salz und Pfeffer abschmecken und unter den Salat heben.

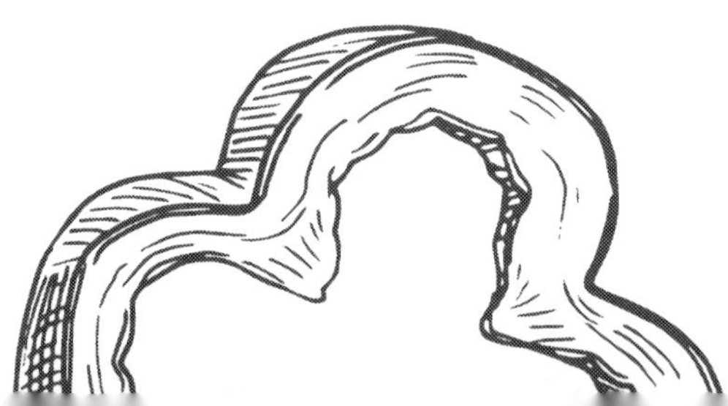

Smoothies

Erdbeer-Basilikum-Smoothie (Für einen Smoothie)

BESTENS VERSORGT

In diesem Smoothie findest du Zutaten, die reich an Folsäure sind. Dabei liefern die Beeren und die Birne dir reichlich Ballaststoffe, während die Bitterstoffe des Spinats in Kombination mit der Süße der Beeren den Appetit beruhigen.

ZUBEREITUNGSZEIT | 5 MINUTEN

ZUTATEN

- 1 Birne
- 3 Erdbeeren
- 50 g Blattspinat
- 3 Blätter Basilikum
- 50 ml Mineralwasser

ZUBEREITUNG

1. Birne unter fließendem Wasser waschen. Anschließend abtrocknen, vierteln und das Kerngehäuse entfernen.
2. Erdbeeren, Basilikum und Spinat ebenfalls waschen und trockentupfen.
3. Birne und Erdbeeren in kleine Stücke schneiden.
4. Alle Zutaten mit dem Mineralwasser in einen Standmixer geben und zu einer trinkbaren Konsistenz pürieren.

Mango-Spinat-Smoothie (Für einen Smoothie)

BESTENS VERSORGT

Dieses Rezept steckt voller Eisen. So enthält junger Blattspinat eine Menge Eisen und eine kleine Menge Oxalsäure.

ZUBEREITUNGSZEIT | 5 MINUTEN

ZUTATEN

- 1 Handvoll junger Blattspinat
- 1 Banane
- 1/2 Mango
- 1/2 Glas Orangensaft
- 1/2 stilles Mineralwasser

ZUBEREITUNG

1. Den jungen Blattspinat unter fließendem Wasser waschen und vorsichtig trockentupfen. Die Banane und die Mango schälen. Das Fruchtfleisch der Mango vom Kern lösen.
2. Banane und Mango in kleine Würfel schneiden.
3. Alle Zutaten in einen Standmixer geben und zu einer trinkbaren Konsistenz pürieren.

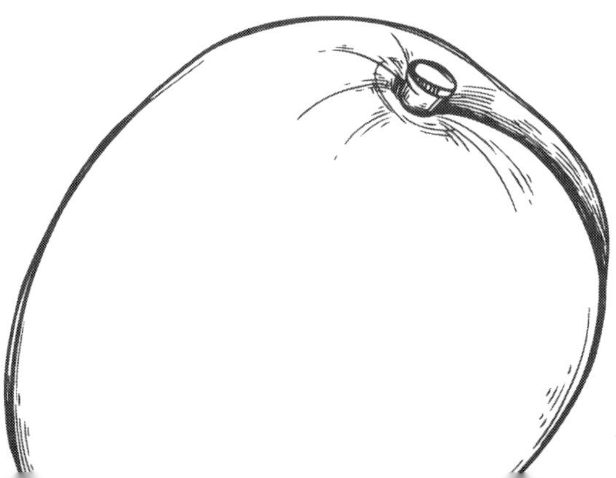

Bananen-Feldsalat-Smoothie (Für einen Smoothie)

BESTENS VERSORGT

Feldsalat ist der König, was die Vitamine unter den Salaten angeht. In ihm finden wir Vitamin C, Jod, Vitamin A, Eisen sowie Folsäure!

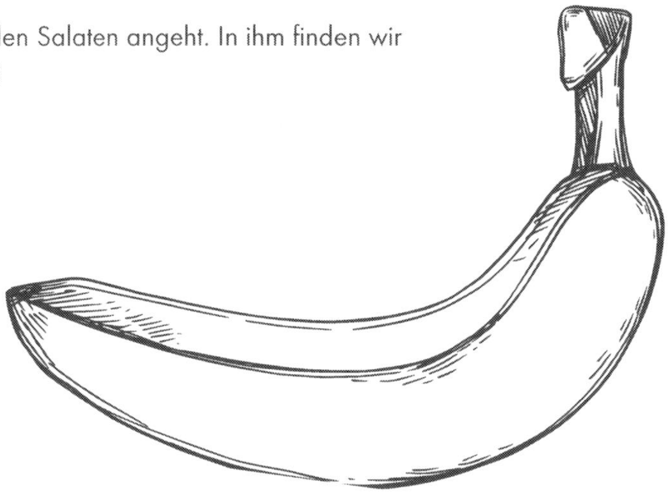

ZUBEREITUNGSZEIT | 5 MINUTEN

ZUTATEN

- 1 Handvoll Feldsalat
- 1 Banane
- 1 Apfel
- 1/2 Glas Orangensaft
- 1/2 stilles Mineralwasser

ZUBEREITUNG

1. Den Feldsalat unter fließendem Wasser gründlich reinigen und trockentupfen.
2. Den Apfel ebenfalls waschen, vierteln und das Kerngehäuse entfernen.
3. Banane schälen und gemeinsam mit dem Apfel in kleine Würfel schneiden.
4. Alle Zutaten in einen Standmixer geben und pürieren, bis die gewünschte Konsistenz erreicht ist.

Beeren-Smoothie mit Chia-Samen (Für einen Smoothie)

BESTENS VERSORGT

Beeren schmecken nicht nur lecker, sie versorgen dich auch mit verschiedenen Vitaminen, unterstützen die Gesundheit des Gefäßsystems und sind gut für das Gedächtnis.

ZUBEREITUNGSZEIT | 5 MINUTEN

ZUTATEN

- 1 Orange
- 1 Banane
- 1 Handvoll gemischte Beeren
- 2 EL (veganen) Joghurt
- 1 EL Haferflocken
- TL Chia-Samen
- 1 Glas Milch (nach Belieben auch Pflanzenmilch, z.B. Mandelmilch)

ZUBEREITUNG

1. Die Chia-Samen und die Haferflocken mindestens zwei Stunden, am besten über Nacht, in der Milch einlegen und quellen lassen.
2. Die Orange und Banane schälen und in Stücke schneiden.
3. Alle Zutaten in einen Standmixer geben und zu der gewünschten Konsistenz pürieren.

Dattel-Mandel-Smoothie (Für einen Smoothie)

BESTENS VERSORGT

Feldsalat ist der König, was die Vitamine unter den Salaten angeht. In ihm finden wir Vitamin C, Jod, Vitamin A, Eisen sowie Folsäure!

ZUBEREITUNGSZEIT | 5 MINUTEN

ZUTATEN

- 1 Tasse Mandelmilch
- 1 Banane
- 4 Datteln
- 2 TL Backkakao

ZUBEREITUNG

1. Die Datteln entkernen und in dünne Streifen schneiden.
2. Die Banane schälen und ebenfalls in kleine Stücke schneiden.
3. Mandelmilch, Backkakao, Datteln und Banane in einen Standmixer geben und zu einer cremigen Konsistenz pürieren.

Avocado-Smoothie mit Mango (Für einen Smoothie)

BESTENS VERSORGT

Die Avocado in diesem Rezept versorgt dich mit Folsäure, Vitamin E, Kalium und wertvollen Omega-3-Fettsäuren. Durch seine Inhaltsstoffe deckt dieses Rezept ungefähr die Hälfte des benötigten Bedarfs an Calcium während einer Schwangerschaft.

ZUBEREITUNGSZEIT | 5 MINUTEN

ZUTATEN

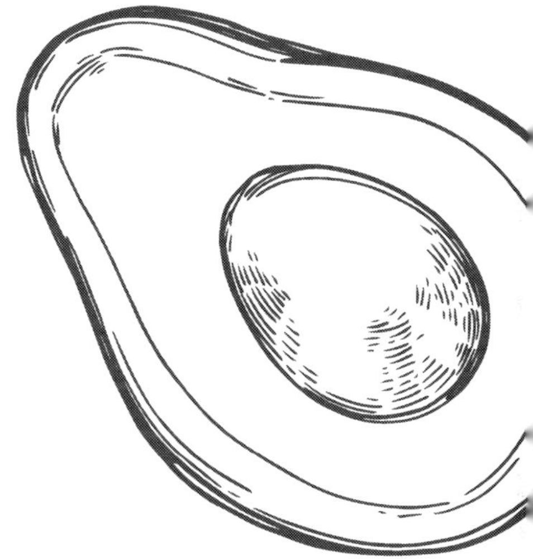

- 1 Avocado
- 1/2 Mango
- 1 Handvoll Spinat
- 1 Glas Mandelmilch

ZUBEREITUNG

1. Die Avocado schälen und entkernen. Anschließend in kleine Stücke schneiden.
2. Die Mango ebenfalls von Schale und Kern befreien und kleinschneiden.
3. Den Spinat unter fließendem Wasser reinigen und anschließend trockentupfen.
4. Avocado, Mango, Spinat und Mandelmilch in einen Standmixer geben und zu einer cremigen Konsistenz pürieren.

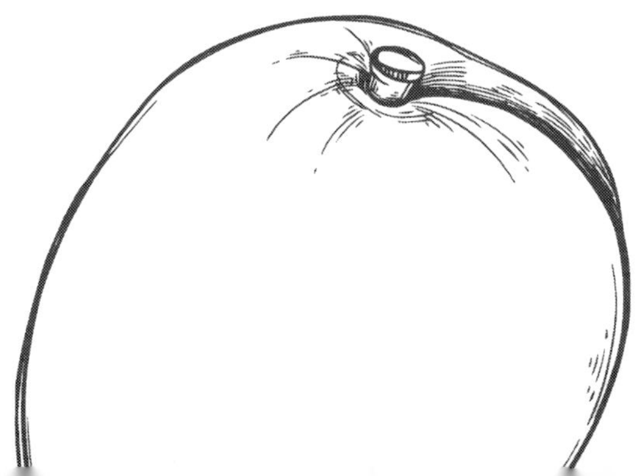

Desserts

Sesam-Hirsewaffeln mit Apfelraspeln (2 Portionen)

BESTENS VERSORGT

Die Hirse in diesem Rezept versorgt deinen Körper mit Magnesium und Eisen, während Sesam neben Eisen auch noch Calcium liefert.

ZUBEREITUNGSZEIT | 35 MINUTEN

ZUTATEN

- 120 g Instant-Hirseflocken
- 50 g Sesam
- 1 Ei
- 5 EL Rapsöl
- 2 EL Honig
- 100 ml Apfelsaft (naturtrüb, Direktsaft)
- 1 Apfel
- 1 Prise Salz
- 1 TL Pflanzenöl für das Waffeleisen

ZUBEREITUNG

1. Honig, Rapsöl und Ei cremig aufschlagen und mit Hirseflocken, Sesam, Salz und Apfelsaft vermengen.
2. Apfel waschen, das Kerngehäuse entfernen und mithilfe einer Reibe grob raspeln.
3. Apfelraspel unter den Teig heben und diesen 15 Minuten lang quellen lassen.
4. Das Waffeleisen aufheizen lassen und gegebenenfalls mit etwas Pflanzenöl bestreichen.
5. Den Teig portionsweise für drei bis vier Minuten ausbacken, bis die Waffel fest ist und eine goldbraune Färbung aufweist.

Unschuldiger Latte Macchiato (Für eine Tasse)

BESTENS VERSORGT

Kaffee sollte während einer Schwangerschaft bekanntlich in ganz geringen Mengen oder gar nicht genossen werden. Dieses Rezept hilft dir dabei, den Kaffeeentzug zu überwinden! (Statt Carobpulver kannst Du gerne auch 2 TL Getreidekaffee verwenden.)

ZUBEREITUNGSZEIT | 3 MINUTEN

ZUTATEN

- 1 TL Carobpulver
- 1 TL Kakaopulver
- 100 ml Milch
- 1 Prise Vanillepulver

ZUBEREITUNG

1. 100 ml Wasser aufkochen und das Carobpulver sowie das Kakaopulver darin einrühren.
2. Milch nach Belieben erhitzen und aufschäumen.
3. Kakao-Carob-Gemisch durch die Milch gießen und diese mit einer Prise Vanillepulver bestreuen.

Knusprige Nuss-Kekse (Für 20–26 Kekse)

BESTENS VERSORGT

Dieses Rezept schmeckt nicht nur gut, es beinhaltet auch eine Menge Omega-3-Fettsäuren, die wichtig für die Entwicklung des Gehirns deines Kindes sind.

ZUBEREITUNGSZEIT | 30 MINUTEN

ZUTATEN

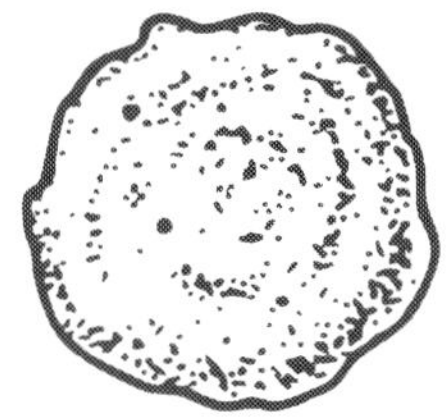

- 50 g Leinsamen
- 20 g getrocknete Apfelringe
- 30 g Rosinen
- 70 g Walnusskerne
- 100 g Apfelmus
- 1 Ei
- 1 TL Honig
- 1 Prise Salz

ZUBEREITUNG

1. Leinsamen und 35 g der Walnusskerne in einen Standmixer geben und kleinmahlen.
2. Apfelringe und Rosinen mit einem scharfen Messer ebenfalls kleinhacken.
3. Leinsamen-Walnuss-Mix, Apfelringe und Rosinen mit dem Apfelmus vermengen, zwei Stunden lang quellen lassen.
4. Das Ei trennen und das Eigelb mit Honig verrühren. Zum Apfelmus geben und vermengen.
5. Das Eiweiß mit der Prise Salz steif schlagen und ebenfalls unter den Apfelmus-Mix ziehen.
6. Backofen auf 140°C (Umluft) vorheizen und Backbleche mit Backpapier auslegen.
7. Mithilfe zweier Löffel kleine Teighaufen auf das Backpapier legen.
8. Restliche Walnüsse kleinhacken und als Garnitur über die Kekse streuen.
9. Kekse im Ofen für 20 bis 30 Minuten backen.

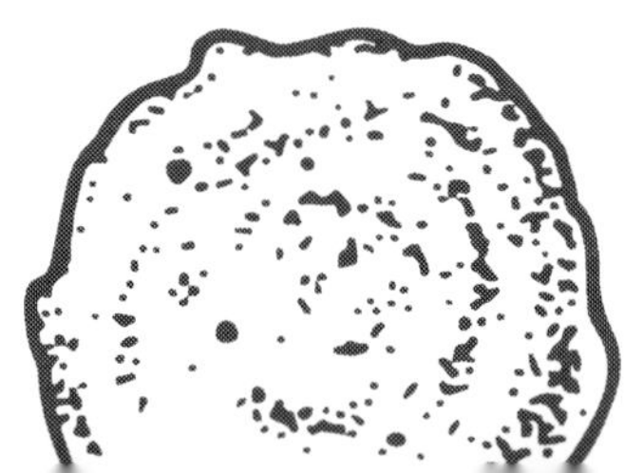

Gesunde Eiscreme (2 Portionen)

BESTENS VERSORGT

Die Banane in diesem süßen Rezept versorgt dich mit extra Calcium, Magnesium und Kalium. Der Granatapfel hilft darüber hinaus, Harnwegsinfektionen vorzubeugen.

ZUBEREITUNGSZEIT | 10 MINUTEN + 5 STUNDEN KÜHLZEIT

ZUTATEN

- 1 Banane (überreif)
- 1 Granatapfel
- 2 EL (veganen) Joghurt
- 1 Prise Vanille (gemahlen)

ZUBEREITUNG

1. Banane schälen und in Scheiben schneiden. Bananenscheiben in einen Gefrierbeutel geben und mindestens fünf Stunden lang einfrieren.
2. Granatapfelkerne aus der Schale lösen (dies geht besonders gut in einer großen, mit Wasser befüllten, Schale). Einige Kerne als Dekoration beiseitelegen, die restlichen Kerne in einem Standmixer fein-mixen.
3. Gefrorene Bananenscheiben ebenfalls in den Standmixer geben. Mit dem Joghurt und dem Granatapfel-Saft zu einer cremigen Masse vermengen.
4. Nach Belieben mit Vanille abschmecken und mit Granatapfelkernen garnieren.
5. Das Eis kann direkt genossen werden.

Erdnuss-Kekse (Für 50 Kekse)

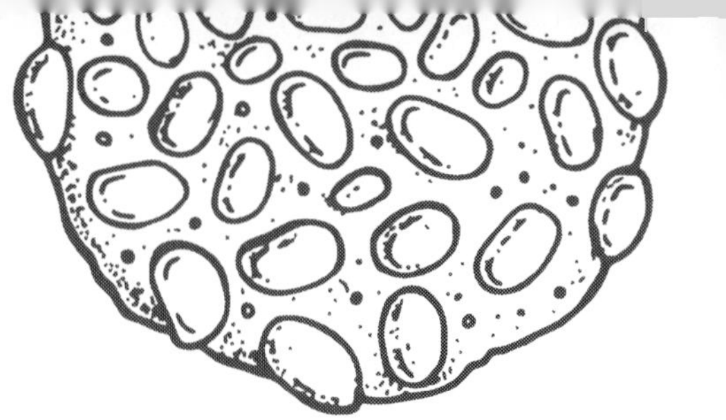

BESTENS VERSORGT

Erdnüsse machen nicht nur gute Laune, sie stärken auch die Nerven und die Immunabwehr!

ZUBEREITUNGSZEIT | 1 STUNDE, 25 MINUTEN

ZUTATEN

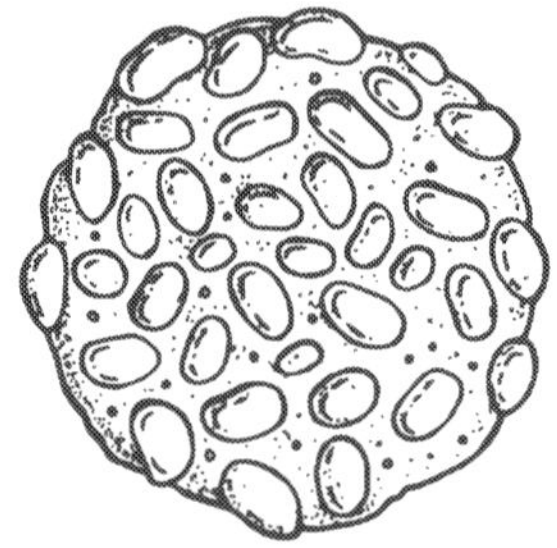

- 100 g Erdnussmus
- 50 g Erdnusskerne (gesalzen)
- 50 g Datteln (entkernt)
- 50 g Butter
- 1 Ei
- 2 EL Sesam
- 15 g Sesampaste (Tahin)
- 150 g Dinkel-Vollkornmehl
- 1/2 TL Salz

ZUBEREITUNG

1. Erdnüsse mit einem Messer grob hacken und mit dem Sesam vermengen.
2. Datteln ebenfalls grob hacken, zusammen mit Butter, Erdnussmus, Ei und Sesampaste in einen Standmixer geben und fein pürieren.
3. Das Mehl mit dem Salz vermengen und zusammen mit dem Erdnuss-Sesam-Gemisch unter das Dattel-Püree geben.
4. Mit den Händen verkneten und gegebenenfalls 3-4 EL heißes Wasser hinzugeben, damit der Teig eine glatte Konsistenz bekommt.
5. Den Teig zu zwei Rollen mit einem Durchmesser von ungefähr 4 cm formen, die Rollen jeweils in Frischhaltefolie einpacken und eine Stunde lang im Kühlschrank härten lassen.
6. Backofen vorheizen auf 180°C (Umluft) und ein Backblech mit Backpapier auslegen.
7. Mithilfe zweier Löffel kleine Teighaufen auf das Backpapier legen.
8. Die Rollen aus dem Kühlschrank nehmen, Frischhaltefolie entfernen und den Teig in 1 cm-dicke Scheiben schneiden.
9. Scheiben auf das Backblech geben und 15 Minuten lang goldbraun backen.

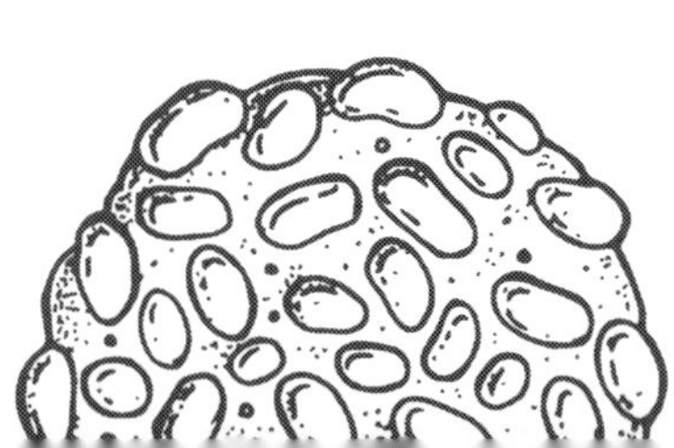

Käsekuchen mit Mandarinen (Für eine Springform)

BESTENS VERSORGT

Der Ricotta und der Magerquark in diesem Rezept stellen tolle Eiweißlieferanten dar.

ZUBEREITUNGSZEIT | 1 STUNDE, 30 MINUTEN

ZUTATEN

- 250 g Mandarinen (aus der Dose)
- 100 g Buchweizen
- 80 g Walnusskerne
- 30 ml Rapsöl
- 2 Eier
- 400 g Magerquark
- 250 g Ricotta
- 1 TL Backpulver
- 1/2 Pck. Vanillepuddingpulver
- 4 Soft-Datteln
- 2 Eier
- 80 g Honig

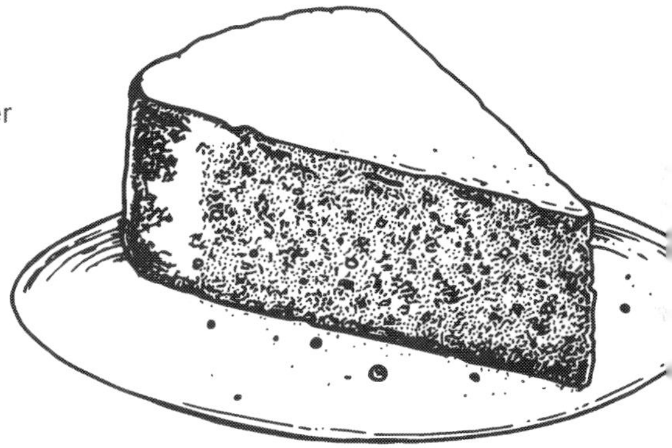

ZUBEREITUNG

1. Den Backofen auf 170°C (Umluft) vorheizen.
2. Mandarinen abgießen und grob kleinschneiden.
3. Buchweizen in einer Pfanne, ohne die Zugabe von Öl oder Fett, anrösten und anschließend beiseitestellen.
4. Datteln kleinhacken und gemeinsam mit den Walnusskernen, dem Buchweizen und einem Esslöffel Wasser in den Standmixer geben und pürieren.
5. Die Dattel-Walnuss-Buchweizen-Masse auf den Boden der Springform geben und festdrücken.
6. Öl mit den Eiern und dem Honig schaumig schlagen.
7. Quark, Puddingpulver, Mandarinen-Stücke, Backpulver und Ricotta hinzugeben und alle Zutaten miteinander vermengen.
8. Auf den Boden in der Springform füllen und 45 Minuten lang im Ofen backen.
9. Nach dem Backen auskühlen lassen, bevor die Springform gelöst wird.

Eine Reise ohne Sorgen

Eine Schwangerschaft ist eine wundervolle und spannende Reise, die du vollkommen genießen solltest. Natürlich wird es vorkommen, dass nicht jeder Tag dieser neunmonatigen Reise ein Spaziergang für dich ist, denn deinem Körper wird einiges abverlangt, um deinen Nachwuchs zu versorgen und zu schützen. Starke Sorgen und Zweifel solltest du nach dem Lesen dieses Ratgebers jedoch nicht mehr haben, denn du hast nun gelernt, wie einfach und abwechslungsreich die Ernährung während einer Schwangerschaft aussehen kann und wie auch du es auf unkomplizierte und angenehme Art und Weise schaffen kannst, dich und dein Kind mithilfe deiner Ernährung hochwertig und nachhaltig zu versorgen.

Mit den vielen Rezepten aus diesem Buch wird es dir darüber hinaus mit Sicherheit ein Leichtes sein, das Gelernte über die Ernährung umzusetzen und nicht nur dich und dein Kind, sondern auch deinen Partner, deine Partnerin oder deine Freunde mit leckeren fleischhaltigen, vegetarischen oder veganen Gerichten zu bekochen und sogar das eine oder andere Dessert aus dem Ärmel zu zaubern.

Genieße das Wunder deiner Schwangerschaft in vollen Zügen und lasse Sorgen, Zweifel und Ängste links liegen! Mit deinem neuen Wissen zu den wichtigen Nährstoffen und den No-Gos in der Ernährung während deiner Schwangerschaft gibst du nämlich dein Bestes für die gesunde Entwicklung deines Babys und für dich selbst und kannst dich nun voller Vorfreude auf die Ankunft deines Babys vorbereiten und freuen. Viel Spaß also beim Lernen, Kochen und Genießen!

Quellenangaben

[1] Koletzko B, Schiess S, Brands B et al. [Infant feeding practice and later obesity risk. Indications for early metabolic programming]. Bundesgesundheitsblatt Gesundheitsforschung Gesundheitsschutz 2010; 53: 666-673

[2] Hanson MA, Bardsley A, De-Regil LM et al. The International Federation of Gynecology and Obstetrics (FIGO) recommendations on adolescent, preconception, and maternal nutrition: "Think Nutrition First". IntJ Gynaecol Obstet 2015; 131 (Suppl. 4): S213-S253

[3] DGE: Einheitliche Handlungsempfehlungen für die Schwangerschaft aktualisiert und erweitert. URL: https://www.dge.de/ernaehrungspraxis/bevoelkerungsgruppen/schwangere-stillende/handlungsempfehlungen-zur-ernaehrung-in-der-schwangerschaft/?L=0. Abgerufen am 25.03.20. Web.

[4] Gesundheitsinformation IQWIG: Schwangerschaft und Geburt. URL: https://www.gesundheitsinformation.de/gewichtszunahme-in-der-schwangerschaft.html. Abgerufen am 14.03.20. Web.

[5] DGE: Immer mehr Schwangere sind zu dick – Aktuelle Daten zur Übergewichtsentwicklung im 14. DGE-Erfahrungsbericht. Presse DGE aktuell, 28/2020, 14.11.2020.

[6] Deutsche Gesellschaft für Ernährung (DGE); Österreichische Gesellschaft für Ernährung (ÖGE); Schweizerische Gesellschaft für Ernährung (SGE). Referenzwerte für die Nährstoffzufuhr. Bonn: 2017

[7] Institute of Obstetricians & Gynaecologists RCoPol, Directorate of Clinical Strategy and Programmes, Health Service Executiv. Clinical Practice Guideline: Nutrition for Pregnancy. Online: https://rcpi-live-cdn.s3.amazonaws.com/wp-content/uploads/2016/05/22.-Nutritionduring-Pregnancy.pdf; Stand: 31.07.2018

[8] Die Drogenbeauftragte der Bundesregierung Bundesministerium für Gesundheit, Hrsg. Drogen- und Suchtbericht Juni 2016. Online: https://www.drogenbeauftragte.de/fileadmin/dateien-dba/Drogenbeauftragte/4_Presse/1_Pressemitteilungen/2016/2016_2/160928_Drogenbericht-2016_NEU_Sept.2016.pdf; Stand: 31.07.2018

[9] Deutsche Gesellschaft für Ernährung, Österreichische Gesellschaft für Ernährung, Schweizerische Gesellschaft für Ernährung. D-A-CH Referenzwerte für die Nährstoffzufuhr. Neustadt an der Weinstraße. 1. Auflage, 4. Korrigierter Nachdruck ed. Frankfurt am Main: Umschau/Braus; 2012.

[10] EFSA NDA Panel (EFSA Panel on Dietetic Products, Nutrition and Allergies). Scientific Opinion on the safety of caffeine. EFSA Journal 2015; 13: 4102

[11] Bundeszentrum für Ernährung. Listeriose und Toxoplasmose. Sicher essen in der Schwangerschaft. Bestell-Nr. 0346. Online: www.blemedienservice.de; Stand: 31.07.2018

[12] Allerberger F, Wagner M. Listeriosis: a resurgent foodborne infection. Clin Microbiol Infect 2010; 16: 16-23

[13] Gesundheit.gv.at: Gesund & schwanger. URL: https://www.gesundheit.gv.at/leben/eltern/schwangerschaft/gesund-schwanger/ernaehrung-schwangerschaft. Abgerufen am 16.03.20. Web.

[14] Europäisches Institut für Stillen und Laktation: Ernährung der Mutter in der Stillzeit. URL: https://www.stillen-institut.com/de/ernaehrung-der-mutter-in-der-stillzeit.html. Abgerufen am: 25.03.20. Web.

[15] Kindergesundheit.de: Ernährung in der Stillzeit. URL: https://www.kindergesundheit-info.de/themen/ernaehrung/stillen/ernaehrung-der-mutter/. Abgerufen am 17.03.20. Web.

Besondere Hinweise

In diesem Ratgeber-Kochbuch wurde bewusst auf farbige Bilder verzichtet, um es zu einem geringen Preis anbieten zu können. Es verfolgt dabei die Idee, möglichst viele schwangere Frauen zu erreichen, um ihnen eine wissenschaftlich basierte, der Entwicklung des Kindes förderliche Ernährung und ihre einfache Umsetzung zugänglich zu machen.

Darüber hinaus schont der Buchdruck ohne farbige Bilder unsere Umwelt und trägt dazu bei, dass auch nachfolgende Generationen in einer lebenswerten Welt aufwachsen können.

Weitergehend ist zu beachten, dass die individuelle Ernährung für jede Schwangere immer unter Rücksprache mit dem behandelnden Arzt erfolgen sollte. Das Werk – inklusive aller Inhalte – gewährt keine Garantie oder Gewähr für Aktualität, Korrektheit, Vollständigkeit und Qualität der bereitgestellten Informationen. Trotz wissenschaftlicher Recherche und der strengen inhaltlichen Prüfung durch eine Hebamme können Druckfehler und Fehlinformationen nie vollständig ausgeschlossen werden.

Impressum

AUTORIN WIRD VERTRETEN DURCH

Inga Weiß
Banjar Babakan Canggu Kuta Utara
Jl. Babakan Kubu
Gang Cempaka No. 9
Bali, Indonesia
E-Mail: inga_weiss@web.de

COVERGESTALTUNG UND BUCHSATZ
Denise Gahn | www.denisegahn.com

JAHR DER VERÖFFENTLICHUNG
2021

VERANTWORTLICH FÜR DEN DRUCK
Amazon Distribution GmbH, Leipzig

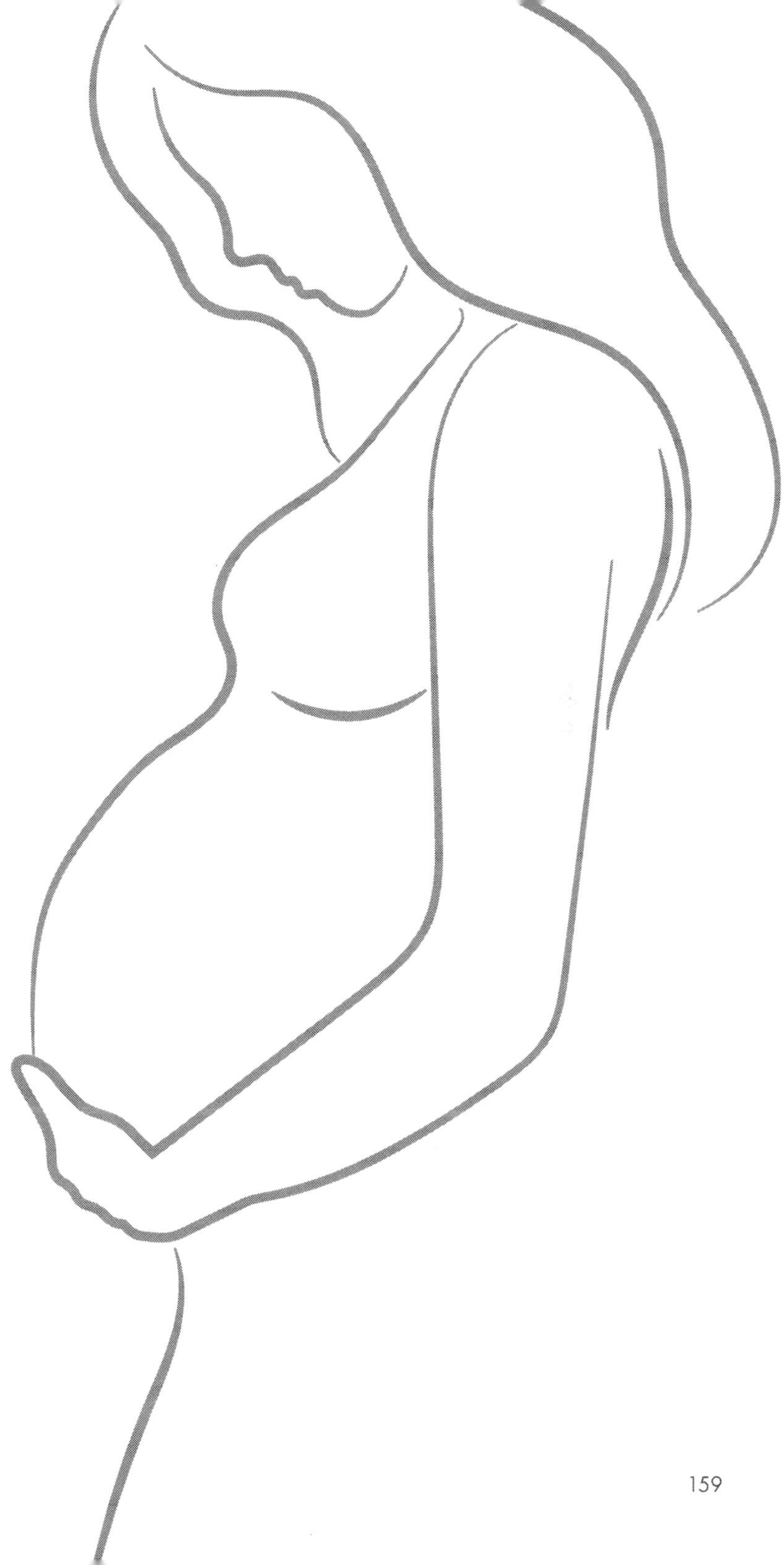

Printed in Germany
by Amazon Distribution
GmbH, Leipzig

24957359R00094